Die Wunder der Rauhnächte

Sagenhaftes, Unheimliches und Magisches zwischen den Jahren

zusammengestellt und neu erzählt von
Dörte Hansen-Gronewaldt & Thomas Gronewaldt

Copyright © 2020 BiGruen Verlag,
Kiefernweg 19, 95493 Bischofsgrün.
Printed in Germany

ISBN: 978-3-96745-020-0

Text & Layout: Dörte Hansen-Gronewaldt
Lektorat: Thomas Gronewaldt

Inhaltsverzeichnis

Der Zauber der Zwölften – eine Spurensuche

In der dunkelsten Zeit des Jahres, wenn die kalten Winde heulen und alles verloren scheint, wird das Licht neu geboren. Endlos lang scheinen die Nächte zur Wintersonnenwende, doch schon vor tausenden von Jahren wussten die Menschen, dass in der längsten Nacht des Jahres zugleich der Keim des Neubeginns liegt. In allen Kulturen feierten sie diese den Göttern geweihte Nacht in vielfältiger Weise. Im 12. Jahrhundert berichtet Snorre, der Dichter der älteren Edda, vom Brauch des „Jul trinkens".Kein geringerer als Odin selbst soll dieses Opfergelage eingerichtet haben. Ihm war dieses Fest denn auch geweiht. Ihm – und den Toten, die in der Julzeit ihre ehemaligen Wohnstätten besuchten. Im alten Rom feierte man seit dem 2. Jahrhundert am 25. Dezember das Fest des unbesiegbaren Sonnengottes[1]. Vergeblich versuchten christliche Prediger und Priester, die alten Kulte auszulöschen. Als es ihnen nicht gelingen wollte, legten sie hohe christliche Feiertage in die zeitliche Nähe heidnischer Hochfeste. Und so feiern wir heute in der Nacht des 24. Dezembers die Geburt des Heilands, wurde

---

1 Sol invictus.

der Tag der Wintersonnenwende dem Heiligen Thomas geweiht. Die Christnacht markiert zugleich den Beginn der Zwölften. Die Rauhnächte, Unternächte, die drüttien (=13) dage, jule-tylvten (Jul-Zwölften), twelve nights und viele andere Namen hat man dieser Zeit zwischen den Jahren gegeben. Beda Venerabilis, ein angelsächsischer Chronist des frühen 8. Jahrhunderts, nannte die Nacht des 14. Dezember modra night – mater noctium – die Mutter der Nächte des kommenden Jahres. Allerlei Spuk und unheimliches geht in diesen Nächten vor, und vielfältig sind die Gefahren, die dem einsamen Wanderer zwischen den Jahren drohen. Der Wilde Jäger geht um, das Wilde Heer, die Perchta...
Wer sind diese „Schreckgestalten", und sind sie wirklich so schrecklich, wie man uns oft glauben machen will? Dieses Büchlein will und kann keine umfassende Analyse über Ursprung und Charakter der sagenhaften Geister der Rau(c)hnächte geben. Und ist es denn überhaupt nötig, alle Geheimnisse zu ergründen? Auf den folgenden Seiten werden wir uns auf eine Reise begeben. Wir werden manch seltsamen Brauch und die Ursprünge unserer Weihnachts- und Silvesterspeisen kennenlernen. Wir werden von Lostagen und Orakeln, von den Wundern der Zwölf Nächte, und natürlich auch vom Wilden Jäger und dem Wütendheer, von Perchta, Frau Holle und anderen mythischen

Gestalten hören. Und wer glaubt, das alles sei nur dummer Aberglaube, sollte eines nicht vergessen: in jeder Legende, jeder sagenhaften Erzählung liegt ein wahrer Kern verborgen. Begeben wir uns also auf die Reise....

Ein Blick in die Geschichte

Um gleich zu Beginn mit einigen Vorurteilen aufzuräumen: *Die* Rauhnächte gibt es – streng genommen – nicht, auch wenn wir gemeinhin die 12 Tage zwischen dem 25. Dezember und dem 6. Januar damit verbinden. Doch das war nicht immer so, und auch viele der außerweltlichen Erscheinungen, die häufig allein mit den Rauhnächten verbunden werden, machen sich auch schon Tage vorher bemerkbar. Zeit ist etwas sehr relatives, und warum sollten sich Geister, Feen, Dämonen und Götter an unseren Kalender halten? Doch genug der Philosophie!
Fest steht, dass die Menschen von vor Jahrtausenden den Zeitpunkt der Wintersonnenwende kannten und mit festlichen Ritualen begingen. Unendlich viel Wissen ging im Laufe der Jahrhunderte und Jahrtausende verloren. Das mag auch der Grund dafür sein, dass in einigen Regionen bis ins 14. Jahrhundert hinein die

Luciennacht [2] als längste Nacht des Jahres galt. Dort spielte sie die gleiche Rolle wie andernorts die Rauhnächte, die Thomasnacht [3] oder aber die Perchtennacht [4].

Viele mit den Rauhnächten verbundenen Vorstellungen und Gebräuche sind, wie wir später noch sehen werden, heidnischen Ursprungs, doch eine der wichtigsten „Zutaten" geht auch christlichen Einfluss zurück: Bevor die Synode von Tours im Jahre 567 die weihnachtliche Festzeit auf 12 Tage begrenzte, existierten recht unterschiedliche Meinungen hinsichtlich der Dauer und zeitlichen Lage dieser Festzeit. Von nun an war es festgeschrieben, und auch wenn es noch Jahrhunderte dauern sollte, ehe sich die Nacht vom 24. zum 25. Dezember als Zeitpunkt der Geburt des Heilands durchgesetzt hatte, so markiert die Synode von Tours gewissermaßen den Beginn der „klassischen" Rauhnächte. Die Zeit vom 25. Dezember bis zum 6. Januar sollte voller Freude sein, eine Zeit der Feste und des Feierns. Was lag da näher, neben dem 1. Weihnachtstag und Epiphanie noch einige wichtige Heiligentage in diese Periode zu legen? Der heilige Stephanus erlitt sicherlich

---

2 Der Festtag der Heiligen Lucia ist der 13. Dezember.

3 Die Thomasnacht fällt mit der eigentlichen Wintersonnenwende (21. Dezember) zusammen.

4 Die letzte der Rauhnächte war der Perchta geweiht. Der 6. Januar wurde daher auch als Berchtag oder Perchtag bezeichnet.

nicht am 26. Dezember das Martyrium – dennoch gilt der 2. Weihnachtsfeiertag bis heute als Stephanustag. Der 27. Dezember wurde Johannes dem Evangelisten geweiht, der 28. Dezember war der Tag der Unschuldigen Kinder, der letzte Tag des Jahres wurde dem Heiligen Papst Silvester geweiht, und der erste Tag des neuen Jahres galt als Tag der Beschneidung Jesu. Das mit den Zwölften verbundene und in seinen Wurzeln bis tief in heidnische Zeit zurückreichende Brauchtum nimmt auf diese zeitlichen Beschränkungen freilich nur bedingt Rücksicht. So begannen die Zwölften in Böhmen bereits am Lucientag. In Bayern hingegen galt lange Zeit der Thomastag als erster der Zwölften, in Teilen Mecklenburgs wiederum waren es die ersten 12 Tage im Januar, und in Oberösterreich schließlich hieß die gesamte Zeit zwischen Weihnachten und dem Valentinstag (14. Februar) „unter den Nächten". Heutzutage jedoch weitgehende Einigkeit darüber, dass die Rauhnächte am ersten Weihnachtsfeiertag beginnen und am Dreikönigstag enden. Doch warum eigentlich Rauhnächte?

Die Rau(c)hnächte

Es mag tatsächlich der Müdigkeit oder Nachlässigkeit eines Schreibers zu verdanken sein, dass aus der ursprünglichen Bezeichnung Rauchnächte nach und nach die uns heute bekannten Rauhnächte wurden. Wie leicht zu vermuten, leitet sich der Name von „räuchern" ab, doch nicht in jeder der 12 Nächte wird geräuchert. Tatsächlich sind es nur vier eigentliche Rauchnächte, und einige davon – nämlich der Thomastag bzw. die Wintersonnenwende – gehört noch nicht einmal zu den klassischen Zwölften. Die anderen drei Rauchnächte sind der Weihnachtsabend, Silvester und natürlich der Dreikönigstag. An diesen Abenden werden Haus und Stall nach dem Abendläuten mit geweihten Kräutern und Weihrauch geräuchert und mit Weihwasser besprengt. Heiliger Rauch und Weihwasser sollen alles Böse vertreiben und das Haus und seine menschlichen und tierischen Bewohner segnen und schützen. Dieser Schutz ist auch bitter nötig, denn in den Zwölften hatten dunkle Mächte besonders viel Kraft. Darüber hinaus hatte das Räuchern noch einen weiteren Nutzen: Weihrauch und Salbei wirken antibakteriell. Durch das Räuchern reinigte man Haus und Hof, und zwar sowohl spirituell als auch ganz irdisch. Nichts darf bei diesem feierlichen Zug durch Haus und Hof misslingen. Vor allem durfte niemand etwas fallen lassen. Nach dem Räuchern durfte die Stalltür nicht mehr geöffnet werden. Die Räucherkohle hingegen wurde entweder in den eigenen Ofen geworfen oder aber aufbewahrt. Auf keinen Fall aber gab man sie auoer Haus, denn dann hätte man das ganze Glück des kommenden Jahres ja weggegeben. Und damit sind wir auch schon bei einer der unzähligen Regeln und Gebote, die es während der Zwölften zu beachten galt.

Viele Bräuche und Verbote der Zwölften sind mit der Vorstellung verbunden, dass in dieser Zeit die Seelen der Toten in die Welt der Menschen zurückkehren. Angeführt von Frau Holle, Hulda, Perchta oder *dem* Wilden Jäger[5], oft aber auch ohne Führung, besuchten sie ihre alten Städte und Dörfer. Farängla-dage – fahrende Engeltage – werden die Zwölften daher auch in Schweden genannt. Dort empfing man sie, indem man den Fußboden mit Stroh bestreute, das während der Zwölften liegenblieb. Man deckte ihnen und ihrer Anführerin, der Perchta oder Holle, den Tisch, buk und kochte spezielle Speisen und opferte den Elementen. Dies alles war zwar eigentlich mit dem christlichen Glauben nicht vereinbar, doch aller Eifer der Priester und Pfarrer reichte nicht aus, jahrtausendealte, tief im Bewusstsein des Volkes

---

5 Um es gleich vornweg zu betonen: Es gibt nicht nur einen, sondern viele „Wilde Jäger". Wir werden später noch darauf zurückkommen. Hinter dem hier gemeinten „Wilden Jäger" dürfte sich Odin verbergen, dessen Kult untrennbar mit der Zeit der Wintersonnenwende verbunden war.

verwurzelte Vorstellungen zu beseitigen. Wohl oder übel „arrangierte" man sich daher mit diesem ganz und gar nicht christlichen Bräuchen und stülpte ihnen ein christliches Mäntelchen über.

Doch zurück zu den wandernden Seelen und anderen übernatürlichen Wesenheiten der Rauhnächte. In der Oberpfalz deckte man nicht nur den Tisch für sie, sondern man warf auch drei Hände voll weißen Mehles in den Wind und rief dazu: „Wind und Windin! Hier geb ich dir das Dein, lass du mir das Mein!"[6] In Böhmen zogen die Seelen unzähliger Toter im Gefolge der weißen Totenfrau Melusine wimmernd durch die Nächte. Um sie zu speisen warf man Mehl und Salz oder auch nur Mehl durch das Fenster in die Nacht hinein.[7] Die Lieblingsspeisen der Toten aber bestanden aus Hülsenfrüchten. In den Zwölften gehörten sie ganz ihnen – wer dennoch Erbsen, Bohnen oder Linsen, dem drohten im kommenden Jahr allerlei Krankheiten. Vor allem würden ihm Alpgeister die Sinne verwirren. Sogar eine Redewendung gab es dafür: Handelte jemand ohne Sinn und Verstand, so sagte man „Er hat Bohnen gegessen", d. h. er ist elbisch verwirrt. Wir würden heute sagen: „Er hat nicht alle Tassen im Schrank". Die Seelen teilten sich ihren Anspruch auf Hülsenfrüchte übrigens mit den Zwergen.

---

6 Vgl. dazu Höfler 1895.
7 Vgl. hierzu auch Reinsberg-Düringsfeld 1863.

Selbstverständlich durfte man sich in dieser heiligen Zeit auch nicht auf Tische setzen. Schließlich konnte – theoretisch – jeder Tisch als Esstisch für die Seelen dienen, und die schätzten es gar nicht, wenn sich ein menschliches Hinterteil darauf platzierte. Er sich also in den Zwölften auf einen Tisch setzte, dem würden die Elben oder Geister Furunkel oder Hautmaden in sein Sitzteil zaubern. Da die Zwölften seit der Synode von Tours als Festzeit vorgeschrieben waren, war Fasten in dieser Zeit kirchlich untersagt. In Teilen Altbayerns und der Oberpfalz wurde zeitweise angeraten, in den Zwölften kein Fleisch zu essen, doch dieser Glaube hat sich vermutlich nie so recht durchgesetzt. Man hielt es vielmehr mit einer Tradition, die bis heute zur weihnachtlichen Festzeit gehört wie das Amen in der Kirche: Man fraß sich voll. In Niederbayern wurden die Rau(c)tage auch als „Fresstage" bezeichnet. Die Toten mussten üppig „eingedeichselt" werden, hieß es in der Oberpfalz, und im Norden waren die Zwölften als „Dickbauchtage" bekannt. Zum einen fielen Lohn und Segen der Seelengeister umso reichlicher aus, je besser sie verköstigt wurden. Zum anderen aber sagte man zum Beispiel im Alpenraum, aber auch im Voigtland, dass man sich den Bauch ordentlich schmieren müsse, damit das Messer der Perchta daran abgleite.

Eine weitere beliebte Speise während der

Rauhnächte sind Breie und Grützen verschiedener Art. In Schweden wird noch heute der Julbrei – ein sehr schmackhafter Haferbrei mit Rosinen und Nüssen – zur Wintersonnenwende und weihnachtlichen Festzeit gekocht. Ein Schälchen davon stellte (und stellt) man in der Jul- oder Weihnachtsnacht als Geschenk für die Zwerge vor die Tür. Auch im Bergischen Land bedachten man die Zwerge in den Rauhnächten mit Milchbrei und Honigschnitten. In Oberbayern kam in Milch gekochter (Rauch)weizen auf den Tisch, während im Voigtland und im Orlagau Zemmede[8] oder Polse[9] am Dreikönigsabend nicht fehlen durften. Wer sich an dieses strenge Gebot nicht hielt, dem schnitt die Göttin ganz sicher den Bauch auf, leerte ihn aus und füllte dafür Kieselsteine, Backsteine oder Wirrbüschel hinein. Als Krönung des Ganzen nähte sie dann den Bauch wieder zu, aber nicht etwa mit Nadel und Faden, sondern mit ihrer Pflugschar und mit Ketten. Wer sich am Abend den Bauch zu voll geschlagen hatte, dem lag diese Kost am Morgen gewiss schwer im Magen, und daran konnte doch nur die Perchta oder, wie sie im Orlagau hieß, Frau Werra, schuld sein.

In Thüringen und im Voigtland kamen Mehlklöße und Heringe am Silvesterabend auf den Tisch, denn sie galten als Lieblingsspeisen der Perchta.

---

8 Eine Art Mehlbrei oder auch Grütze.
9 Getreidebrei

Überhaupt – der Hering. Lange Zeit nahm er in der Hitparade der beliebtesten Silvesterspeisen den ersten Rang ein. Ob In Thüringen, Franken, im hohen Norden oder im Süden, ob solo oder mit Mehlklößen oder als Salat – überall gab es Hering. Die silbernen Schuppen des Fisches erinnerten an den Glanz des Geldes: Hering zu essen bedeutete also Glück und Reichtum im neuen Jahr und half ganz nebenbei auch noch gegen den Kater am nächsten Morgen. Woher allerdings die im Voigtland noch Mitte des 19. Jahrhunderts verbreitete Sitte, die Heringsseele an die Decke zu werfen und dabei zu sagen: „Die Seele schwingt in die Höh', der Leib bleibt auf dem Kanapee"[10] , ist unbekannt. Nach 100 Jahren, so hieß es, würden sich die an der Decke hängenden Heringsseelen in Pferde verwandeln.[11] Fiel die Seele allerdings herunter, so galt das als sicheres Zeichen dafür, dass der Werfer an diesem Tag gesündigt hatte. Auch die Heringsköpfe fanden Verwendung: Sie wurden durch die Augen an die Decke gespießt und dann im folgenden Jahr bei Viehkrankheiten unter das Futter gemischt.

Doch nun zu jenen Leckereien, die auch heute noch nichts von ihrer Beliebtheit eingebüßt haben:

---

10 Köhler, Volksbrauch und Aberglauben des Voigtlandes, 1867, S. 360ff.

11 Der Gestank dürfte allerdings dafür gesorgt haben, dass man die Heringsseelen bereits nach kurzer Zeit von ihrem Dasein „erlöste".

zu Weihnachtsstollen, Hutzelbroten und anderen Früchtebroten. Hutzel- und Früchtebrote, aber auch die allseits bekannten Honigbrote und -kuchen dürften zumindest teilweise auf die Tradition der Opferbrote zurückgehen. Opferbrote für die Götter und die Toten, die von den Lebenden verspeist wurden[12]. Für diese Deutung spricht, dass diese für die Weihnachts- und Rauhnachtszeit gedachten Brote unter anderem in Altbayern durch Räuchern geweiht wurden. Im bayerischen Alpenland buk man zudem seit Jahrhunderten die sogenannten Rauchwecken: verschiedenartig geformte Brote, die am Dreikönigstag durch Räuchern gesegnet wurden und mindestens acht Tage, besser aber noch bis zum 20. Januar[13] nicht angeschnitten werden durften.

Auch mit dem bereits seit dem 14. Jahrhundert bekannten Weihnachtsstollen verband sich allerlei Brauchtum. Während heutzutage diverse Supermärkte bereits im August mit dem Verkauf von Stollen und Lebkuchen die Adventszeit einläuten, waren Zubereitung und Verzehr dieses wundervollen Gebäcks früher geradezu heilige Handlungen. Gleiches galt übrigens auch für das Weihnachtsbrot. Nur ganz besonderes Mehl durfte

---

12 Bereits die Römer kannten kleine, mit Honig gesüßte Opferküchlein, die bei bestimmten Festen und Ritualen verzehrt wurden.

13 Der 20. Januar ist der Festtag des Hl. Sebastian.

für Weihnachtsbrot und -stollen verwendet werden. Hatte die Hausfrau den schweren Teig geknetet, so lief sie mit teigigen Händen hinaus in den Gärten, um die Obstbäume zu umarmen und so die Obsternte des kommenden Jahres zu befördern.[14] Während des Festes lag das Weihnachtsbrot auf dem Tisch. Ein Teil wurde gemeinsam verzehrt, doch achtete man darauf, dass nicht alles verspeist wurde. Weihnachtsbrot war heilig und segenbringend, und so streute man die Krumen im nächsten Frühjahr auf die Felder oder mischte sie dem Vieh unter das Futter. Auch vom Weihnachtsstollen wurde etwas aufgehoben. In Milch eingeweicht, legte man diese Stückchen bei Geschwüren auf. Auch das Brot, das am Weihnachtsabend auf das Fensterbrett gelegt wurde, sollte wunderkräftige Wirkung besitzen. In Oberfranken schließlich buk man sogenannte Hauswölfle, die man bei Feuergefahr in das ausgebrochene Feuer warf. Damit, so hoffte man, würde das Feuer gebannt.

Noch einmal zurück zum Stollen: Die Zubereitung desselben war für den Hausvater nicht ungefährlich. Ging nämlich der Teig nicht richtig auf, so bedeutete das ein schlechtes Omen: der Hausvater würde ganz sicher im kommenden Jahr sterben. Verbrannte der Weihnachtsstollen

---

14 Dieser Brauch ist unter anderem für Thüringen, das Voigtland, Böhmen und Mähren überliefert.

während des Backens, stand zu befürchten, dass ein Familienmitglied sterben würde.

Beim Weihnachtsessen selbst durfte man nicht reden und schon gar nicht aufstehen. Dass man sich die Bäuche dabei ordentlich vollschlagen sollte, versteht sich von selbst. Auch trinken sollte man reichlich – am besten Bier. Die Nussschalen warf man nicht weg, sondern füllte sie mit Fett, das im Laufe des Jahres bei Nabelkrankheiten angewendet wurde.

Noch viele weitere weitere Sitten und Gebräuche rund um die Speisen und Getränke der Weihnachts- und Rauhnachtszeit gäbe es zu berichten. Dies aber würde den Rahmen unseres kleinen Büchleins bei weitem sprengen, denn auch unzählige andere Bräuche, Gebote und Verbote mussten in der Zeit der Rauhnächte beachtet werden. Besonders streng wurde darauf am 1. Weihnachtstag geachtet, der vielerorts mit geradezu puritanischer Strenge gefeiert wurde. In der frühen Neuzeit galt an diesem Tag in vielen Regionen absolutes Arbeitsgebot. Abgesehen von dem obligatorischen Kirchgang durfte man teilweise nicht einmal aus dem Haus gehen! Auch musste man schweigen, und ins Wirtshaus durfte man schon gar nicht. Natürlich hielt man es nicht überall und zu allen Zeiten so streng – schon aus praktischen Gründen wäre das unmöglich gewesen. Bevor wir uns den während der Rauhnächte geltenden Geboten und Verboten zuwenden, sei noch ein eher zweifelhaftes Stärkungsmittel für Pferde erwähnt, das nur in der Neujahrsnacht gewonnen werden konnte. In Böhmen glaubte man nämlich, dass man mit Hilfe des Schlafkrautes bzw. der Tollkirsche die Pferde fett und mutig erhalten konnte. Dazu musste man sich in der Mitte der Neujahrsnacht dorthin wagen, wo das Kraut wuchs. Um sich zu schützen, musste der Gräber einen Kreis um sich ziehen. Hatte er das Kraut gewonnen, lauerte jenseits des Kreises der Teufel, um den Frevler zugleich mit sich zu nehmen. Man konnte ihn aber überlisten, indem man ihm eine schwarze Henne hinwarf, sobald man einen Fuß über den Kreis setzte. Der Teufel, den man sich in Böhmen vermutlich reichlich kurzsichtig vorstellte, hielt die Henne zunächst für die Seele des Gräbers. Der aber tat gut daran, die Beine in die Hände zu nehmen und nach Hause zu rennen. Dabei durfte er sich aber auf keinen Fall umsehen, sonst würde sich der Teufel, der die Täuschung mittlerweile erkannt hatte, des Räubers doch noch bemächtigen.

Gebote und Verbote der Rauhnächte

Die meisten der für die Rauhnachtszeit zu beachtenden Verbote und Vorsichtsmaßnahmen waren eng verbunden mit dem Glauben, dass in dieser Zeit Geister, Dämonen, Hexen und vor allem der Teufel besondere Macht haben. Die „gefährlichsten" Nächte waren dabei die eigentlichen Rauchnächte, das heißt die Christnacht, die letzte Nacht des Jahres und der Dreikönigsabend, den man früher übrigens auch als „hohes Neujahr" bezeichnete. Gleichzeitig eigneten sich diese Nächte auch besonders für Zauber, magische Handlungen, für Orakel und zum „Horchen" auf das, was die Zukunft bringen würde. In den Rauhnächten brauste die Wilde Jagd durch die Lüfte und nur, wenn man Fenster und Türen fest verschlossen hielt, konnte man verhindern, dass der ungestüme Zug eine Abkürzung durch das Haus nahm. In einigen Gebieten jedoch freute man sich regelrecht über das Toben des Wilden Heeres, denn je ärger es die Wilde Jagd trieb, umso reichhaltiger würde die Ernte ausfallen.

Das weit verbreitete Peitschenknallen wiederum sollte ebenso wie das Räuchern böse Geister und Dämonen vertreiben. Gegen die Hexen, die in dieser Zeit besonders aktiv sein sollten, schützte man Haus und Stall durch Räuchern und das Anbringen von Kreuzen. Wer aber unbedingt den Teufel sehen wollte, der konnte dies ganz einfach dadurch erreichen, dass er sich auf eine Kuhhaut setzte. Doch Vorsicht: Mit dem Teufel ist bekanntlich nicht gut spaßen!

In dieser magischen Zeit war alles, was sich nach Anbruch der Dunkelheit noch nicht unter Dach und Fach befand und nicht geweiht war, den unheilvollen Mächten ausgesetzt. Daher sollte das Wasser noch bei Tageslicht aus dem Brunnen geschöpft werden, sollte das Ackergerät sicher in Stall und Scheune verstaut sein. Man durfte nicht waschen und keine Wäsche aufhängen – vor allem nicht außerhalb des Hauses, wo sie den bösen Mächten anheim fiel. In einigen Regionen glaubte man sogar, man dürfe in dieser Zeit keine frischen Kleider anziehen, sich die Füße nicht waschen und weder Nägel noch Haare schneiden[15]. Andererseits durfte man auch keine dreckige Wäsche liegen lassen – sonst würde man krank werden. In den Tagen vor Beginn der Rauhnächten wurde also mit Hochdruck gewaschen. Und wurden Haus und Hof vor Beginn der Rauhnächte gründlich gereinigt, so durfte man während der Zwölften weder kehren noch wischen. Vor allem durfte man keine Treppen wischen, denn wer das tat, der starb noch in Jahresfrist. In einigen Regionen galt sogar ein völliges Arbeitsverbot! Wer es missachtete, dem verkümmerte das Vieh oder der Wolf suchte die Herde heim.

---

15 Etliche Schadenzauber verlangen, dass man sich einige Haare, Nägel oder etwas aus dem persönlichen Besitz der Zielperson besorgt und so Macht über diese Person erlangt.

Spinnen, Wäschemangeln oder überhaupt alle drehenden Bewegungen mussten vermieden werden. Letzteres betraf übrigens auch das Fahren mit dem Wagen! Noch weitere Verbote gefällig? Hier sind einige von ihnen: Man durfte früh morgens nichts pfeifen; das bedeutete Unglück. Fuchs, Wolf und Maus durfte man nicht bei ihren richtigen Namen nennen, denn „Wer wolf oder fuchs nennt, dem stet des iars das gewant nicht recht."[16] In einer Schrift des 14./15. Jahrhunderts wiederum heißt es, man dürfe die Siebe nicht über den Hof tragen, denn sollte das Vieh hindurchsehen, so würde es „schiech" werden.

Etliche Verbote betreffen einige der wichtigsten winterlichen Tätigkeiten in damaligen bäuerlichen Haushalten: die Verarbeitung des Flachses vom Brechen bis zum Spinnen. All dies musste während der Unternächte unterbleiben. Vor allem Perchta oder Frau Holle strafte die Spinnerinnen, die sich an das allgemeine Spinnverbot in den ihr Heiligen Nächten nicht hielten. Diese mussten zwar keine körperlichen Strafen befürchten, aber das Garn wurde verdorben oder verschmutzt, und as war zumindest äußerst ärgerlich. Weitere Folgen des Spinnens und Flachsbrechens konnten sein: Kröten, Ratten und Mäuse kommen ins Haus, oder man bekam statt des Garnes Blutwürste. Auch Erdflöhe und Motten konnte man sich auf diese

---

16 Grimm, Mythologie 3, S. 419.

Weise heranziehen, oder aber man musste befürchten, mitsamt dem Spinnrad auf dem Mond zu landen!

Natürlich sollte man sich auch nicht bestehlen lassen, doch dieser Ermahnung bedurfte es sicher nicht. Wem es jedoch gelang, in den Zwölften etwas zu stehlen, der durfte erwarten, dass er auch im gesamten kommenden Jahr eine glückliche Hand in sämtlichen Diebstahlsangelegenheiten haben würde. In gewisser Weise ist das auch verständlich, denn wer in einer Zeit erhöhter Wachsamkeit etwas stehlen konnte, brauchte sich um mangelnde Geschicklichkeit wahrlich keine Sorgen machen.

Unter jenen Rauchnächten, die sich für zauberische Handlungen aller Art besonders eigneten, stand die Christnacht an erster Stelle. Versunkene Schlösser sollten auftauchen, Schätze emporsteigen, Berge sich öffnen – kurz, es war eine ideale Nacht für Schatzsucher, aber auch für all jene, die Dämonen beschwören wollten, um Schätze zu gewinnen. Letztere mussten freilich vorsichtig sein, denn die Bewohner der höllischen Gefilde stellen sich nicht freiwillig in den Dienst der Menschen. Wohl denjenigen, die die Vorschriften aus Faust's Höllenzwang, dem 7, Buch Moses', dem Schlüssel Salomons und anderen magischen Standardwerken genauestens beachteten. Wer übrigens glaubt, dies alles sei pure

Phantasie und bestenfalls in Sagen und Märchen zu finden, den wird ein Blick in die Gerichtsakten früherer Jahrhunderte eines Besseren belehren. Stellvertretend für unzählige Geister- und Teufelsbeschwörungen sei hier die Jenaer Christnachtstragödie des Jahres 1715 genannt: Damals hatten sich drei Männer in einem Weinberghäuschen vor den Toren der Saalestadt versammelt, um dort nach den Vorschriften des „Höllenzwangs" den Höllenfürsten Och und dessen Diener Nathael zu beschwören, um auf diese Weise den im Weinberg verborgenen Schatz zu heben. Man zog einen dreifachen Kreis, begann mit der Beschwörung und zündete, weil es bitterkalt war, bei geschlossenen Fenstern ein Holzkohlenfeuer an. Das Resultat war eine klassische Kohlenmonoxidvergiftung, der zwei der drei Männer zum Opfer fielen. Die beiden Leichen sollten in der kommenden Nacht durch drei Wächter bewacht werden. Da auch diese Männer nach reichlichem Branntweingenuss ein Feuerchen anzündeten, wiederholte sich das Drama. Die Bilanz der missglückten Geisterbeschwörung waren drei Tote und drei Schwerverletzte. In den folgenden Monaten entspann sich ein erbittert ausgefochtener Streit über die Ursache dieser Tragödie, denn obwohl Kohlenmonoxidvergif-tungen durchaus bekannt waren, wollten nicht nur einfache Menschen, sondern auch etliche

Wissenschaftler hierin ein Werk des Teufels sehen. Einen Kreis sollten auch jene um sich ziehen, die in der Silvesternacht auf den Kreuzweg gingen, um zu „horchen". Zwischen 12 und 1 Uhr in der Nacht konnte man nämlich sehen, was das kommende Jahr bringen würde. Man durfte aber dabei keinen Mucks von sich geben und schon gar nicht aus dem Kreis treten. Der Blick in die Zukunft war jedoch nicht ungefährlich. Böse Mächte versuchten jene, die das Verbotene zu schauen suchten, durch allerlei Spuk zu erschrecken und dazu zu bewegen, zu schreien oder aus dem Kreis zu springen. Sobald der Unglückliche auch nur einen Fuß über die weiße Linie gezogen hatte, war er verloren. Im „günstigsten" Fall wurde ihm gleich der Hals umgedreht, im ungünstigsten Fall stand ihm ein monatelanges Siechtum bevor.

Man musste sich allerdings nicht hinaus in die Kälte wagen, um zu „horchen". Selbiges konnte man auch am Ofenloch tun, oder man ging in den Stall, denn von 12 bis 1 Uhr redeten die Tiere mit menschlicher Stimme. Auch der Blick aus dem Fenster erlaubte in jener magischen Stunde das „Horchen". Aus dem Fenster, mag sich der eine oder andere fragen? Nun, natürlich war nicht jedes Fenster geeignet: Es musste unter dem Giebel liegen und nach Osten gerichtet sein. Und egal was man sah, man durfte sich nicht unter dem Giebel fortbewegen, bis die Glocke eins geschlagen hatte!

Viele, die auf solche Weise einen Blick in die Zukunft geworfen hatten, wünschten sich, sie hätten das Geschaute nie erfahren – so wie jener Schneider und Ratsmann aus Schöneck, der den Tod seines Schwagers und eine verheerende Feuersbrunst vorausgesehen hatte. Doch wie alle anderen, die in der Silvesternacht einen Blick in die Zukunft getan hatten, durfte auch er nicht darüber reden. Wer nämlich auch nur ein Sterbenswörtchen über das ihm enthüllte verborgene Wissen sagte, war des Todes.

Da war es doch weitaus ungefährlicher, eines der zahlreichen Orakel zu Rate zu ziehen, die in den Rauhnächten landauf, landein üblich waren. Wie keine andere Zeit eigneten sich die Zwölften nämlich für Orakel jedweder Art, so dass sie auch als Lostage bezeichnet wurden. Unter den zwölf Nächten stach besonders eine hervor: die Silvesternacht. Das wohl bekannteste der in dieser Nacht üblichen Orakel – das Bleigießen nämlich – bedarf sicherlich keiner weiteren Erläuterung. Fast in Vergessenheit geraten ist hingegen das Schuhwerfen. Dazu setzten sich die Burschen und Mädchen im Voigtland mit dem Rücken zur Tür und warfen einen Schuh über die Schulter. Blieb der Schuh mit der Spitze zur Tür hingewendet stehen, bedeutete das, dass der Werfer oder die Werferin im kommenden Jahr heiraten würde. Auch in anderen Regionen war ein ähnliches

Schuhorakel üblich. Dort allerdings hatte die zur Tür gewendete Schuhspitze eine unheilvolle Bedeutung. Sie zeigte nämlich den Tod des Hausherrn an.

Bis heute weit verbreitet ist der Glaube, dass sich die Träume der 12 Nächte in den entsprechenden Monaten des kommenden Jahres erfüllen: Träume aus der ersten Nachthälfte in der ersten Monatshälfte, Träume der zweiten Nachthälfte hingegen in der zweiten Monatshälfte. Stürmte es während der Unternächte, so glaubte man im Voigtland, im kommenden Jahr stünde ein Krieg bevor. Ähnlich pessimistisch waren auch die Vorstellungen der Erzgebirgler, für die Stürme während der Zwölften auf Krieg und Feuer deuteten. Die Regenmenge hingegen stand in unmittelbarem Zusammenhang zum Milchertrag der Kühe im folgenden Jahr. Reif sollte auf ein nasses Jahr hindeuten, klare, helle Tage und Nächte hingegen auf Trockenheit. Überhaupt wurde in den Zwölften „der Kalender gemacht". Jeder Tag stand für einen ganzen Monat. Für die Prognose durfte man aber nur die eigentliche Tageszeit zwischen 8 Uhr morgens und 4 Uhr nachmittags nehmen. In anderen Regionen hingegen zog man alle 24 Stunden zu Rate, wobei 6 Stunden jeweils für einen Viertelmonat standen. Am 6. Januar entschied sich dann, ob das in den Lostagen gemachte Wetter auch tatsächlich eintreffen würde: War es am Dreikönigstag trocken, so besaß das Wetterorakel Gültigkeit, regnete oder schneite es, so konnte man das Orakel getrost vergessen.

Wer nicht ganze zwölf Tage lang das Wetter beobachten wollte, konnte in der Christnacht oder zu Silvester auch zu anderen Orakelmethoden greifen. Beliebt war beispielsweise das Zwiebelorakel. Hierzu legte man 12 Zwiebelschalen auf den Tisch, bestreute jede mit etwas Salz und wartete, ob das Salz Wasser zog oder nicht. Die Schalen, auf denen das Salz trocken blieb, standen für trockene Monate, wurde das Salz feucht, so sagten die Zwiebeln Regen voraus. Ähnlich auch das Salzorakel: Dazu wurden am Abend 12 Salzhäufchen auf einen Zinnteller gesetzt und mit Monaten verbunden. Die Monate, deren Salzhäufchen am nächsten Morgen feucht oder eingefallen waren, hielten viel Nässe bereit. Reichlich widersprüchlich wurde Sonnenschein während der Unternächte interpretiert. Je nach Region sollte er auf Glück oder Teuerung, Uneinigkeit, Krankheit, eine gute Obsternte, glückliche Handelsgeschäfte, viel Fisch und Wildvögel, schwere Gewitter oder Krieg deuten.

Nächte der Wunder

Die Zeit zwischen den Jahren war und ist nicht nur voller Gefahren, sondern auch und vor allem eine Zeit der Wunder – eine Zeit, in der das Unmögliche möglich ist und Dinge geschehen, die der menschliche Verstand nicht zu ergründen vermag. Dies galt vor Jahrhunderten und selbst heute, in unserem ach so hochzivilisierten und hochtechnisierten Zeitalter, bewahren die Rauhnächte so manches Geheimnis, berichten Menschen auf Stadt und Land von Begegnungen mit Geistern, weißen Frauen, von Wundern und Erscheinungen. Einige dieser Erlebnisse der „dritten Art" mögen einem allzu reichlichen Genuss diverser alkoholischer Heiß- und Kaltgetränke oder anderer berauschender Substanzen zuzuschreiben sein, andere lassen sich vielleicht durch ungewöhnliche Nebelschwaden und ähnliche Naturphänomene erklären lassen, doch es bleiben noch genügend Erscheinungen übrig, für die es noch (?) keine rationale Erklärung gibt. Und wieder sei gefragt: Muss es eine solche Erklärung denn immer geben? Was wäre, wenn in den Zwölften wirklich Geister und Seelen über die Erde wandelten, wenn in dieser Zeit die Schleier zwischen den Welten durchlässig und Wunder möglich wären?

Unsere Vorfahren hatten weniger Bedenken als wir, die Zwölften als eine Zeit der Wunder und des Wunderbaren zu akzeptieren, zumal diese Tage und Nächte bei weitem nicht nur Gefahren bereithielten. Während in den meisten Regionen das Spinnen während der Zwölften verboten war, galt in Westfalen das in dieser Zeit gesponnene Garn sogar als das beste und brauchbarste. Die Fischer machten ihre Netze daraus, und Motten hatten in diesem Garn keine Chance.[17] Es half gegen Hexen, und ein daraus gewebtes Hemd war für vielerlei Dinge gut. Trug man ein aus diesem Garn gefertigtes Kleidungsstück und stürzte, so brach man sich wenigstens nicht Arme und Beine, denn das Garn schützte vor Brüchen. Sogar heilende Wirkung sollte es besitzen, und so hängte man es dem Vieh um den Hals oder umwand damit gebrochene Gliedmaßen, damit diese besser heilten.[18]

Die in den Zwölften gebrannte Asche wiederum wurde in das Saatgetreide geworfen. Auch glaubte man, damit die Raupen aus dem Kohl vertreiben zu können – für heutige Kohlbauern wäre das wahrlich ein Segen! Eine ähnlich raupenabschreckende Wirkung sollten übrigens auch die in den Zwölften gebundenen Besen haben. Doch diese Besen konnten noch mehr: Sie

---

17 Vgl. dazu u.a. Kuhn, Westfalen Bd. 2, S. 114.
18 Vgl. hierzu u.a. Bechtold-Stäubli, Bd. 9, S. 987

schützten gegen alle Hexerei und ließen das Vieh gedeihen. Wenn die Eierschalen zu dünn waren, so fütterte man die Hühner durch die Zwölftenbesen. Fegte man schließlich am Ostermorgen die Ecken des Hauses damit aus, so blieb das Ungeziefer auf Dauer fort.

Kerzen und andere in den Zwölften gegossene Lichter sollten nicht nur besonders hell leuchten sondern besaßen auch unheilabwehrende Wirkung. Wer sich à la Faust die Geister der Hölle dienstbar machen wollte, brauchte für das Beschwörungsritual geweihte Kerzen oder in der Christnacht gegossene Lichter.

Perchta, Hulda und Frau Holle

Was Frau Holle mit den Rauhnächten zu tun hat? Nun, eine ganze Menge! Holle oder „Frau Holle" wie sie bei den Gebrüdern Grimm hieß, war eine der vielen Inkarnationen einer uralten Göttin, die in der Zeit der zwölf Nächte über das Land zog. Sie konnte jung und schön, strahlend und stattlich, aber auch alt und hässlich erscheinen. In Süddeutschland und im Alpenland nannte man sie Perchta, im mitteldeutschen Raum Holle, Hulda, in Teilen Thüringens und in Anhalt trat sie als Frau Werre in Erscheinung, im Norden kannte man sie als Frau Gôde. Sie ist die dreifaltige Göttin der alten

Völker, ist Jungfrau, Mutter und weise Alter, Lebensspenderin und Hüterin der Kinderseelen, Beschützerin der Natur und unerbittliche Feindin all jener, die sich frevelnd an den Tieren der Alpentäler vergreifen. Die letzte der zwölf Nächte und der anschließende Tag sind ihr geweiht; in Süddeutschland und Österreich wurde sie der Göttin zu Ehren Perchtag oder Berchtag bzw. -nacht genannt.

Auf ihren Zügen wird Perchta von Scharen kleiner Kinder begleitet. Es sind die Seelen ungetauft verstorbener Kinder, deren Beschützerin sie ist. In den Nächten inspiziert sie die Häuser und Stuben und sieht, ob aller Flachs abgesponnen ist. Und wie Frau Holle in Grimms Märchen, so belohnt sie die fleißigen Spinnerinnen und bestraft die faulen.

Die Perchta der Alpenländer lebte mit ihren Dienerinnen, den Saligen oder seligen Fräulein, in einem wunderschönen, strahlenden Reich unter der Erde. Thüringens Frau Holle oder Hulda hatte in der Venushöhle in den Hörselbergen bei Eisenach ihre Heimstatt. Nach einer anderen Version soll sie an der mittleren Saale gewohnt haben, ehe sie und die ihren durch den Undank der Menschen von dort vertrieben wurden. Die Grimmsche Frau Holle schließlich war auf dem Hohen Meißner zu Hause.

Vieles gäbe es zu berichten über Perchta, Frau Holle und die Ihren, doch dies hieße den folgenden

Sagen vorzugreifen. Auch über den Wilden Jäger, den zweiten Hauptprotagonisten der zwölf Nächte, gäbe es vieles zu erzählen. Allein – die Sagen sprechen für sich. Lauschen wir also diesen legendenhaften Erzählungen aus alter und jüngerer Zeit. Doch vergessen Sie dabei nie: In jeder Sage liegt ein wahrer Kern verborgen.

Frau Holle, Perchta und das Wilde Heer – Sagenhaftes rund um die Rauhnachtszeit

Sagen um Perchta und den Wilden Jäger im Voigtland und in Sachsen

Perchta verlässt den Orlagau

So lange die Heimchen mit ihrer Königin Perchta im Orlagau verweilte, herrschte ein fröhliches Treiben in den Dörfern Cosdorf und Rödern, denn die Heimchen kannten alle Geheimnisse der Landwirtschaft. Man verstand sich gut mit ihnen, und alles wuchs und gedieh prächtig. Da aber kam ein ernster Mann aus der Ferne, der niemals lachte. Er lehrte das Volk einen neuen Glauben und erzählte böse Dinge über die Perchta und ihre Heimchen, so dass sich das Volk ängstigte und die Kinder vor ihnen versteckte.

Und so geschah es, dass an einem Dreikönigsabend bei Presnitz an der Saale der Fährmann gerufen wurde. Eine stattliche, verschleierte Frau in strahlend weißem Gewand stand vor ihm, und um sie herum eine Menge trauernder Kinder. Es war Perchta mit ihren Heimchen, die nun die Gegend verlassen wollten. Dreimal setzte der Fährmann mit dem übervollen Kahn über, während Perchta am anderen Ufer ihren Pflug reparierte. Als Lohn gab sie dm Fährmann die Späne, der sie – enttäuscht über den geringen Verdienst – nur widerwillig annahm und zu Hause in die Ecke warf. Wie aber staunte er am nächsten Morgen! Die Späne hatten sich in Gold verwandelt.

Die Dörfler aber hatten bald Grund, bitter zu bereuen, dass sie die Perchta und ihre Heimchen vertrieben hatten, denn von nun an verödeten die Fluren. Dann kam der Krieg, und Cosdorf und Rödern wurden verwüstet und nie wieder aufgebaut.

Der Tränenkrug

Vor vielen Jahren war einer Frau in Bodelwitz ihr einziges Kind gestorben. Schon die dritte Nacht saß sie an dem kleinen Grab und weinte sich die Augen rot. Da zog die Perchta mit ihrem Heer von Kinderseelen vorbei. Auch das Kind der trauernden Mutter war darunter. Das Krüglein aber, das es trug, war bis zum Rand gefüllt und war so schwer, dass es den Anderen kaum folgen konnte. Freudig drückte die Mutter es an ihre Brust, und das Kindlein sprach: „Mutter arm, ach wie warm!" Dann aber bat es die Mutter ‚nicht mehr zu weinen. „Sieh", sagte es, „Hier im Krug sind *deine* Tränen, und kommen noch viele hinein, so kann ich nimmer Ruhe finden.“

Warum man Baumstümpfe mit Kreuzen zeichnen soll

Vor vielen Jahren fällte ein Mann bei Remptendorf eine Eiche. Sogleich erschien ein Holzweibel und setzte sich auf den mit Kreuzen versehenen Stock. Es trug graue Kleidung, hatte ein graues Gesicht und war keine drei Fuß hoch. Warum es sich aber auf den Stumpf setzte, damit hatte es folgende Bewandtnis: Der schlimmste Feind der Holzweibel nämlich ist der Wilde Jäger. Nur auf Holzstöcken, in die während der Schall des fallenden Baumes noch hörbar ist, drei Kreuze in einem Zwickel eingehauen werden, haben sie Ruhe vor ihm.

Das traurige Holzweibel

In Wilhelmsdorf saß an einem kalten Winterabend ein Mann mit den Seinen um den Tisch, als plötzlich die Tür aufsprang und ein Holzweibel mit lautem Geheul und Geschrei hereinstürzte. Es rang gar jämmerlich die Hände und rief in einem fort: „Der Wilde Jäger hat mein Männel erschossen! Huhhuh! Huhhuh!“ Alle erschraken, der Hausvater aber fragte: „Was hat's denn getan?“ – „Da seid Ihr

Schuld dran", erwiderte das Holzweibel. „Ihr habt heute wieder ein Bäumchen auf dem Stamm gedriebt (dass Rinde und Bast losgehen) – da muss dann allemal eins von uns sterben! Huhhuh! Tut's nicht wieder, um Gotteswillen nicht! Huhhuh!" Dann ging das Waldweibel in der Stube herum, und jeder musste ihm auf die Hand versprechen, niemals wieder Bäumchen zu drieben. Hernach gab ihm die Hausfrau einen Teller voll Sauerkraut und Brot. Damit kroch das Holzweibel hinter den Ofen, schluchzte noch im Essen – und war am Morgen verschwunden.

Der Horcher auf dem Kreuzweg

Gar viel erzählt man sich von den Geistern, die in den zwölf Nächten durch das Land ziehen sollen. Der schlimmste aber von ihnen soll der Wilde Jäger sein. Da gingen einstmals in einer Neujahrsnacht ein paar Männer mit dem alten Görschel aus Schwarzbach auf einen Kreuzweg, um zu „horchen". Der Alte sagte ihnen, sie sollten einen Kreis ziehen und still darin stehenbleiben. Sie dürften sich aber auf keinen Fall fürchten – komme, was da wolle. Und so standen sie da und froren und warteten. Zuerst kam eine Kutsche, hernach aber ein Reiter, der „den mit der roten Weste" verlangte. Hernach kam ein Fuder Heu und nochmals ein Reiter, der den mit der roten Weste haben wollte. Dieser bekam es mit der Angst zu tun und lief davon. Der Reiter setzte hinterdrein und verfolgte ihn bis zu seiner Wohnung. Hier warf der Fliehende zwar die Haustür hinter sich zu, doch dem unheimlichen Reiter konnte er nicht entkommen: Drei Tage später bezahlte er seine Neugier mit dem Leben. Das Pferdeeisen des Reiters aber war noch viele Jahre in der Tür sichtbar.

Der Wilde Jäger bei Gera

Einst musste ein Mann in einer eisigen Neujahrsnacht von Gera nach Hause laufen. Es schneite heftig, und der einsame Wanderer sehnte sich nach einem warmen Feuer und heißem Punsch. So kam er auf den Gehrberg bei Roschitz. Plötzlich hörte er ein unheimliches Schnaufen und Rauschen hinter sich, als ob ein Reiter herangeritten käme. Als er ausweichen wollte, fiel er ihn und so sehr er sich auch anstrengte, er konnte sich nicht wieder erheben. Immer näher und näher kommt das Gestampfe, immer stärker wird seine Angst. Da, als er eben meinte, dass ihn der Huf aufs Rückgrat treffen werde, verlor sich der Spuk allmählich in immer weitere und weitere Ferne. Jetzt erst erkannte er wieder, wo er sich befand, konnte ohne Schwierigkeiten aufstehen und kam glücklich zu Hause an. Der Schreck jener

Neujahrsnacht aber saß ihm noch lange in den Knochen.

Der Wilde Jäger bei Naulitz

An einem Weihnachtsabend kehrten zwei Ronneburger von Naulitz heim. Als sie das kleine Wässerchen dicht am Dorfe überschritten, ritt im hellen Mondschein ein gespenstischer Reiter an ihnen vorüber. Er saß auf einem riesigen Pferde, und auf dem Kopf hatte er einen Hut wie Napoleon Bonaparte. Ein Sturmwind fuhr hinter ihm her und zog dem Einen der Beiden den Rücken zusammen, als wenn ihm ein böser Geist auf den Buckel stieg. Bald darauf legte er sich aufs Krankenlager und starb.

Eine unheimliche Begegnung in der Neujahrsnacht

Vor langer Zeit ging Einer von einem Neujahrsabend von Weitisberga nach Hause gen Heberndorf. Er verirrte sich aber im dichten Schneegestöber und schlug sich durchs Dickicht bergauf, um vielleicht von dort die Lichter des Dorfes zu erblicken. Als er gerade oben ankam, schlug es Zwölf. Auf einmal wurde alles um ihn herum hell und er stand vor „dem großen Stein".

Der glänzte wie Gold und Silber, und auf der anderen Seite stiegen Ritter mit großen Schwertern hervor. Sie trugen Schüsseln, randvoll gefüllt mit gutem Essen. Hastig duckte sich der Mann und beobachtete voller Staunen das wundersame geschehen. Plötzlich aber musste er niesen. Da fuhren alle Ritter in die Höhe und zwei zogen ihn hervor. Man befragte ihn scharf, wies ihm aber hernach den rechten Weg. Zuvor schärfte man ihm ein, beileibe keinem Menschen auch nur ein Wort zu verraten, sonst müsse er übers Jahr sterben. Der Mann sagte zwar nichts, aber er blieb seitdem krank, und da ihm seine Frau keine Ruhe ließ, erzählte er ihr schließlich alles, aß und trank nichts mehr und starb in der folgenden Neujahrsnacht.

Die weiße Frau bei Mildenfurth

Vor allem in der Neujahrsnacht und im Mondenschein, doch auch zu anderen Zeiten und oft sogar am helllichten Tage hat man auf dem Schenkberg zwischen Weida und Mildenfurth eine altväterlich gekleidete weiße Frau gesehen. Sie trug zuweilen gewunden und sah zu Boden. Nicht jeder kann sie sehen, und spricht man sie an, so antwortet sie nicht. Auf dem Schwedenstein aber verschwindet sie.

Perchta prüft die Spindeln

Am heiligen Dreikönigstag darf nicht gesponnen werden; am Abend zuvor aber kommt Perchta, um zu sehen, ob alles abgesponnen ist. Dann belohnt sie die Fleißigen und straft die Faulen, und wer leere Spulen nicht binnen kurzer Zeit vollspinnt, dem verwirrt sie den Flachs und verunreinigt. So erscheint am heiligen Abend des Hohen Neuen Jahres[19] auch in der Gegend von Hohenleuben und St. Gangloff die Werre und prüft, ab alle Rocken abgesponnen sind. Wo es nicht geschehen ist, verunreinigt sie den Flachs. In der Gegend von Negis, Röpsen, Langenberg, Großfalka, Kraftsdorf, Mörsdorf und Rüdersdorf erscheint sie am heiligen Dreikönigsabend. Bei St. Gangloff nennt man sie Holla und Werre.

In Öpitz spann einst eine Frau am heiligen Dreikönigstag. Ihre Freundinnen warnten sie vor Perchtas Strafe, doch die Frau spottete nur. Da stieß die Göttin das Fenster auf und warf eine Hand voll leerer Spulen hinein, die bei Strafe in einer Stunde vollgesponnen sein sollten. Die Frau aber spann nur ein paar Reifen Flachs um jede und warf alles in den Bach – da konnte ihr die Perchta nichts anhaben.

Einen ähnlichen Trick gebrauchten zwölf Spinnerinnen in Oppurg: Sie wickelten Werg um

---

19 Der Dreikönigstag wurde auch als Hohes Neujahr bezeichnet.

die Spulen und spannen nur einige Lagen darüber. Die Perchta wunderte sich zwar, bemerkte aber den Trick nicht und ging weiter.

Perchtas Lieblingsspeise

Wer am heiligen Dreikönigsabend kein Zemmede[20] isst, dem schneidet Perchta den Leib auf, nimmt alles Gegessene hinaus und füllt den Bauch mit Wirrbüscheln und Backsteinen wieder aus. Zuletzt näht sie den Leib mit ihrer Pflugschar und einer Kette wieder zusammen.

Am Heiligen Abend den hohen neuen Jahres muss in St. Gangloff und Hohenleuben Polse (ein dicker Brei aus Mehl und Wasser) gegessen werden; wer es unterlässt, dem reißt „die Werre" den Leib auf und füllt ihn mit Kieselsteinen an.

Perchta erteilt eine Lektion

Am heiligen Dreikönigsabend wanderte eine Magd mit ihrer Spindel in der Hand gutgelaunt nach Hause. Da kam die Perchta mit ihren Heimchen daher, und als die Magd sie verspottete, da blies sie dem Mädchen in die Augen, so dass es auf der Stelle erblindete. Ein Jahr später kam Perchta denselben Weg entlang und sah die Erblindete am

---

20 Eine Art Mehlbrei

Wegrand betteln. „Sieh", sagte Perchta, „hier habe ich vor einem Jahre ein paar Lichtlein ausgeblasen". Dabei blies sie dem Mädchen wieder in die Augen, und alsbald hatte sie ihr Augenlicht wieder. Ähnliches soll sich auf der Sorge bei Neustadt an der Orla zugetragen haben.

Das Perchtenbier

Auf einem dreieckigen Acker bei Döbritz pflegte die Perchta zu pflügen. Einst sollte ein Mädchen aus Bodelwitz Bier holen und traf bei der Rückkehr Frau Perchta auf ihrem Pflug sitzend. Perchta nahm dem Kind den Krug ab, trank ihn aus und ließ dann ihr eigenes Wasser dafür hineinlaufen. Das arme Kind war so erschrocken, dass es zu Hause nichts darüber sagte, auch als es sah, wie sich die Leute das Perchtenbier, das gar kein Ende nehmen wollte, gar köstlich schmecken ließen. Endlich aber verriet es, was geschehen war. Im selben Augenblick war der Krug leer.

Perchtas Wagen

Oftmals zerbrach der Perchta ein Rad von ihrem Wagen und sie rief einen Vorübergehenden an, ihr zu helfen. Den Helfern gab sie die Späne als Lohn, die sich später in Gold verwandelten. Einem armen

Bergmann, der der Perchta zwischen Bucha und Könitz half, kam ihre Spende besonders zustatten, denn als er nach Hause kam, hatte seine Frau Zwillinge geboren.

Zwischen Colba und Oppurg ging der Perchta häufig der Pflug entzwei. Einer, der gehört hatte, wie Perchta Andere hier entlohnt hatte, stellte sich mit Absicht hin, als sie mit ihrem goldenen Pflug daherkam. „Was suchst du hier zu dieser Stunde? Was trittst du mir in den Weg?" fragte sie streng. Als Jener nun vorbrachte, dass er ihren Pflug habe ausbessern wollen und nur Späne als Lohn verlange, erwiderte Perchta: „Nicht nötig, ich habe mein Beil selbst zur Hand." Damit hieb sie dem dreisten Gesellen in die Schulter, dass er zeitlebens einen schiefen Hals behielt.

Ähnliches soll sich beim Jagdhaus Reichenbach im Orlagau, zwischen Köstitz und Jüdewein, am Saalhaus bei Kaulsdorf, auf dem Sandberg bei Pößneck, auf dem Gleitsch bei Fischersdorf und am Kuchenberg bei Endschütz zugetragen haben.

Auch von Frau Holle wird bei Hohenleuben und am Gangloffer Kirchberge Ähnliches berichtet. Natürlich eilten die Beschenkten, nachdem sie die wundersame Verwandlung der Späne entdeckt hatten, zurück, um auch die übrigen Späne zu holen, jedoch fanden sie dann stets nur einen

Haufen glühender Kohlen.

Vom Eselsgraben zwischen Wünschendorf und Großfalka heißt es, dass dort in einer grimmig kalten Neujahresnacht „eine große Frau" die Deichsel ihres Mehlschlittens reparierte und ebenfalls empfahl, die Späne mitzunehmen. Anderer hingegen erzählen, im Wagen, der herangerauscht kam und zerbrach, habe die „große Frau" gesessen.

In einer Neujahrsnacht stieg ein Mann von Köstritz zum Dürrenberg hinauf. Da kam ihm in der Allee ein Wagen entgegen. Verwundert blieb er stehen, um zu sehen, wer so spät in der Nacht nicht hierher zu fahren habe. Da hielt der Kutscher an und fragte, ob er ihm nicht ein paar Speichen am Rad reparieren könne. Der Kutscher reichte ihm auch gleich eine Axt, und Holz gab es ohnehin genug. Unverzüglich machte sich der Mann an die Arbeit. Als er fertig war, wurde ihm bedeutet, zum Lohn die abgefallenen Holzspäne mitzunehmen. Er dachte nun zwar, er habe etwas mehr verdient und wollte schon gehen, ohne davon einzustecken, als ihm einfiel, doch bei Tage nachzusehen, was für Holz es gewesen sei. Er nahm daher einige Späne mit sich, doch als er am anderen Tage in seine Tasche griff, hatten sie sich in Gold verwandelt. Die Späne aber, die er zurückgelassen hatte, hatten sich in einen Haufen Steine verwandelt.

Ganz Ähnliches trug sich am Weihnachtsabend zwischen 11 und 12 Uhr nachts im nahegelegenen Ziegenholz zu. Vier tiefschwarze Rappen zogen den Wagen und auf die Frage, was er verlange, antwortete der Mann, er habe es gerne umsonst getan.

Tod in der Neujahrsnacht

In der Neujahrsnacht gingen eine Leute von Ronneburg hinaus zur Galgenmühle und zum Gericht am Wege nach Großenstein, „um zu horchen". Als sie eine Weile in der Kälte ausgeharrt hatten, sahen sie einen langsam heranziehenden Leichenzug. Bei seinem Anblick rief eine junge Magd aus: „Seht, da kommt mein Herr gefahren und wird begraben!" Kaum hatte sie das gesagt, drehte er ihr den Hals um. Die anderen, die geschwiegen hatten, kamen mit dem Schrecken davon.

Die Eisenberger Geisterkirche

Am Weihnachtsabend kam ein Eisenberger an der dortigen Totenkirche vorüber, doch was war das? Die Kirche war hell erleuchtet, und durch die Tür sah er eine Menge Verstorbener, die eben das Lied sangen: „Herr Jesu Christ, wahrer Mensch und

Gott." Auch sein erst vor einem halben Jahr verstorbenen Pate saß unter den hohläugigen Gestalten. Er setzte sich zu ihm und sang mit. Der Pate aber gab ihm nach einer Weile einen Wink, woraufhin sich der Mann entfernte. Die Tür schloss sich wieder, ein Knall erscholl – und alles war so ruhig und finster wie zuvor.

Der Wilde Jäger und das Wütenheer

In früheren Zeiten ließ sich das Wütenheer häufig bei Hermsdorf sehen. Noch im 19. Jh, stand dort ein alter Birnbaum (Seydemanns Birnbaum), an dem sich die Teilnehmer des Nachts versammelten. Von dort aus zog das Heer lärmend fort, immer hinter den Gartenzäunen entlang. Wer dem Haufen begegnete, tat gut daran, mucksmäuschenstill zu sein – dann geschah ihm auch nichts. Mitunter wurde aber auch denen, die einen guten Abend wünschten, freundlich gedankt.

Einst zog das Wütenheer mit Saus und Braus das Brahmetal hinauf. Die stärksten Erlen am Bach neigten sich fast zur Erde, sonst aber sah man nichts als eine große Dunstwolke, die im Wahlteich bei Röpsen verschwand. Dort teilte sich das Wasser, der Dunst zog hinein, und die Wogen schlugen schäumend darüber zusammen. (In diesem Wahlteich an der Röpsener Kemenate hauste ein Wassergeist).

Auf dem Felsrücken des Hain bei Weida tobte zuweilen der Wilde Jäger. Selbst Anfang des 19. Jahrhunderts soll er dort noch gehört worden sein. Auf den Rosenmarkt zu Weida stand derweil eine Menge furchtsamer und neugieriger Leute und hörte das Kläffen der Hunde deutlich vom Berg herunter schallen.
Zog der Wilde Jäger durch die Wälder bei Kleindraxdorf, so hörte man das Kläffen und Bellen der Hunde des Nachts. Wenn seine Gewehre aufblitzten, verbreitete sich jedesmal eine so große Helligkeit, dass man einen Pfennig am Boden hätte sehen können, doch sonst hat man nichts von der ganzen Meute gesehen. Mit einem Sturmwind, der die stärksten Bäume zur Erde bog, verschwand der ganze Spuk.

Mit wildem Geheul und Gekläff zog der Wilde Jäger mit seiner Meute oft vom Kirchberg her dicht bei Waltersdorf (bei St. Gangloff) vorüber. Ein Fuhrmann, der die Schar herankommen hörte, sah jedoch nur, wie etwas in Gestalt eines Erbsenbüschels an seinem Wagen vorüberfuhr.

Der waldige Hain zwischen Otticha und Liebschwitz ist ein beliebten Jagdrevier des Wilden Jägers. Einst wanderte dort ein Ehepaar entlang, da geschah es, dass die Frau die feurigen Hunde an sich emporspringen sah, während der Mann gar nichts sah und ihre Angst gar nicht begreifen konnte.

In den Rauhnächten, so heißt es, reitet der Wilde Jäger mit seiner Schar durch Wald und Flur. Doch auch sonst ist man nicht völlig sicher vor ihm. Ein Viehhändler und seine Frau konnten davon ein Liedchen singen. Einst wollten sie Schafe durch ein Gehölz bei Teichwolframsdorf treiben, da kam das Wütenheer auf sie zu – und das am hellichten Tage! Es war eine Meute kläffender Dachshunde, vor denen der große Fleischerhund panisch davon lief. Selbst als das Ehepaar auf die Hunde einschlug, ließen sie sich nicht abhalten. Dann – so plötzlich, wie sie erschienen waren – verschwanden sie wieder. Kein Windhauch war zu spüren, und doch war ein starkes Brausen dabei zu hören und die Büsche bogen sich bis zur Erde.

Oftmals kam der Zug des Wilden Jägers vom hohen Holze aus durchs Rußtal und zum Eulengraben bei Untergeissendorf. Dann sah man die Schatten zusammengekoppelter Hunde, hörte ihr Gebell und das Rufen einer dumpfen menschlichen Stimme.

Im Teichholz bei Kleindraxdorf sah ein Mann sich einstmals von einer Schar kläffender Hunde umgeben, die wie aus dem Nichts heraus erschienen waren. Auch auf dem Weg von Teichwitz nach Hohenölsen sah man den Wilden Jäger des öfteren.

Unweit von Triptis liegt das Dörfchen Triptis. Hier erblickten einige Kinder einst in einer Mondnacht etliche Hunde mit großen Köpfen und riesigen Augen neben sich auf dem Feld. Hinter einem einzeln stehenden Baum aber sahen sie „etwas ganz Garstiges", das sie fragte: „o kommt ihr her und wo wollt ihr hin?" Da liefen die Kinder voller Angst davon, denn der Frager war gewiss niemand anders als der Wilde Jäger – und wer diesem begegnet, tut bekanntlich gut daran, zu schweigen.

Der Wilde Jäger bei Nickelsdorf

Die meisten Wilden Jäger bevorzugen eindeutig die Zeit der Rauhnächte für ihre brausenden Züge. Andere wiederum hatten sich die Fastnachtszeit erwählt, und wieder andere waren völlig unberechenbar. Der Wilde Jäger von Nickelsdorf gehörte zu jenen, die ein besonderes Faible für die

Fastnachtszeit hatten. Kein vernünftiger Mensch geht daher zu dieser Zeit zu nächtlicher Weile in die Wälder. Doch einige Unbelehrbare gibt es immer, und sie machten sich einst ein paar Holzhauer ins Dorteldickicht und in den Töpfergraben auf. Ein alter Mann riet ihnen, bald heimzukehren, doch sie lachten nur. Als sie nun gerade noch über den abergläubischen Alten redeten, stießen sich einige an und deuteten seitwärts. Erschrocken sahen sie die schreckliche Erscheinung. Er war's tatsächlich – der Wilde Jäger! Er sah etwas vermoost aus, trug nach damaliger Jägerart einen hohen Bonapartshut mit einem Pinsel darauf und eine grüne Pole als Kleidung. Vor sich her aber trieb er mit dem Ruf: „Wutsch! Wutsch!" ein ganzes Rudel junger kläffender Hunde. Die Holzhauer standen starr vor Schrecken, als der Jäger keine zehn Schritt an ihnen vorbei zog und samt seiner Meute quer durchs Holz preschte. Er würdigte sie keines Blickes und verschwand vor ihren Augen im Walde. Im Grenlis, einem Holz bei Sparnberg an der Saale, wollte ein Schäfer ebenfalls den Wilden Jäger gesehen haben. Er trug einen grünen Hut, einen ebenso grünen Rock und natürlich den obligatorischen Pferdefuß.
Auch in Tautenhain hüteten sich die Forstleute, zur Fastnacht zu schießen oder auch nur aus dem Hause zu gehen, denn an diesen Tagen hat der

Wilde Jäger Macht über den Schützen. Wehe dem, der dies nicht beachtete! Dies wusste man auch bei Mörsdorf, St. Gangloff und in vielen anderen Orten des Holzlandes.

Das Wütenheer bei Pölzig

Nahe bei Pölzig liegt ein Waldstück namens Glaskopf. Dort soll jede Nacht das Wütenheer hindurchgezogen sein. Man sah zuerst drei Hunde, dann drei Jäger, dann wieder drei Hunde, gefolgt von drei Jägern, und so ging es immer fort und fort. Weithin war ihr Ruf hörbar: „Hede, hede, hafte, hafte!"

Auch im Kesselgraben bei Frankenthal zieht der Wilde Jäger dem Wütenheer auf schnaubendem Rosse voraus. Als kopfloser Reiter sah man ihn de öfteren zwischen Heuckewalde und Nischwitz.

Der kopflose Reiter im Borntal

Einst ging eine Frau aus Endschütz in tiefster Mitternacht durchs Borntal. Plötzlich schien es ihr, als seien rings um sie herum lauter kleine schwarze Hunde, die ächzten und schnaubten, gerade so, als wären sie auf einer heißen Jagd. Und das waren sie auch, denn noch ehe sich die arme Frau besann, kam vom Teichberge her an sehr langer, kopfloser

Mann und ritt scharf an ihr vorüber. Es war, so erzählte sie später, gerade so, als wären es zwei Reiter gewesen – einer, der auf dem anderen saß. Der kopflose Reiter versetzte sie in solchen Schrecken, dass sie viele Wochen lang krank lag.

Als große und lange, kopflose Gestalt mit einer Flinte in der Hand zeigte sich der Wilde Jäger auch in den Wäldern um Großbocka, besonders auf dem dortigen Klötzerweg. Auch im Bauerholz bei Rubitz lässt er sich blicken: Dort ist er pechschwarz und wird von einer Hundemeute begleitet.

Ganz anders erschien der Wilde Jäger bei Lichtenberg unweit von Gera. Dort war nicht groß – im Gegenteil: Er glich einem kleinen grauen Männchen, und wenn er schoß, klang es, als wenn ein irdener Topf auf dem Boden zerspringen würde.

Auch in dem tiefen Tal bei der Lehnamühle trieb er sich einst in Gestalt eines grau bemoosten Mannes herum. Bis – ja bis ihn der neue Hegereiter von dort vertrieb.

Beim Reinischen Gut in Wolfsgefährt zog er es vor, als kleines graues Männchen mit kurzem Röckchen, grüner Mütze und einem über die Schulter geworfenen Büchsenranzen zu erscheinen.

Der Wilde Jäger als Herr der Hunde

Vor langer Zeit lebte in Köstritz ein Förster, mit dem es ein übles Ende nahm. Seitdem treibt er als wilder, kopfloser Jäger auf seinem Schimmel im Haardtwald bei Niederndorf sein Unwesen. Sobald er sich zeigt, müssen alle Hunde der umliegenden Dörfer ihm jagen helfen.

Auf seinen Umzügen nimmt der Wilde Jäger alle Hunde, die er berührt, aus den Dörfern mit sich. Völlig abgehetzt, schmutzig und staubbedeckt kommen sie am nächsten Morgen wieder. Nur durch einen Kreuzknoten aus Baststroh kann man sie festhalten, denn dann hat der Böse keine Macht über sie. Doch ach! Dem armen Hund, der auf solche Art gebunden wird, ist ein viel schlimmeres Schicksal beschieden: AM anderen Morgen liegt er erwürgt bei der Hütte, oder der Wilde Jäger reißt ihm den Kopf ab. So erzählen es zumindest die Leute in Mosen, Cronschwitz, Pohlen, und auch in einem Haus in Nischwitz soll auf diese Weise ein Hund umgekommen sein, ebenso in Heuckewalde, Rückersdorf, Reuß, Hildersdorf, Kleinbernsdorf, Schöna und vielen anderen Dörfern.

Der Wilde Jäger scheint sich in Ostthüringen regelrecht heimisch gefühlt zu haben; kein Wunder, waren doch die ausgedehnten Wälder von Holzland und Voigtland für ihren Wildreichtum weithin berühmt. Und während Fürst und Graf für die Unterhaltung ihrer vierbeinigen Jagdhelfer jährlich etliche Gulden aufbringen mussten, brauchte sich der Wilde Jäger um solcherlei Kleinigkeiten nicht zu sorgen, denn er hatte die Macht, alle Hunde in seinen Bann zu ziehen. So geschah es auch bei Clodra: Wann immer er mit seinem „Hohhoh, hohhoh!" durch das nahegelegene Pfarrholz preschte, fielen den Dorfhunden der Umgebung die Ketten vom Halse und sie mussten ihm folgen. Gleiches wird auch aus Lichtenberg und Rußdorf berichtet.
In Pfordten folgten ihm beim dritten Gebell alle Hunde. Einer, der in einer Stube eingesperrt war, sprang sogar durch die Fensterscheibe. Auch in Wolfsgefährt hatte ein besonders vorsichtiger Bauer seinen Hund eingesperrt. Er fand ihn am nächsten Morgen zwar noch an Ort und Stelle, aber das arme Tier war schweißgebadet und den ganzen Tag zu nichts zu gebrauchen.

Ganz erbärmlich erging es den Wünschendorfer Hunden, die der Wilde Jäger einst auf die Jagd zwang. Die ganze Nacht mussten sie mit ihm durch

Wald und Flur hetzen. Kein Wunder, dass sie am Morgen wie halb verreckt vor den Hütten lagen. Immerhin belohnte der unheimliche Jäger seine unfreiwilligen Jagdhelfer und warf jedem ein großes Stück Fleisch in den Hof.

Mit dem Wilden Jäger ist nicht gut spaßen

War es Übermut, oder hatte der Teufel Alkohol gar seine Finger im Spiel? Sei es wie es sei: Immer wieder jedenfalls meinte ein vorwitziger Wirrkopf, den Wilden Jäger herausfordern zu können. Einst hörte ein Nonnendorfer die Wilde Jagd vorüberbrausen und rief keck nach draußen: „Herkules, mir auch einen Braten" Prompt wurde sein Ruf erhört. Anstelle eines wohlschmeckenden Bratens jedoch landete ein stinkendes Stück Fleisch in seiner Stube. Nicht allein damit: So oft er es wegzuschaffen versuchte, stets kehrte es wieder. So wie ihm ging es allen, die versuchten, sich mit dem Wilden Jäger anzulegen. In ihrer Not wandten sich die Leute an den Pfarrer oder suchten den Rat des Scharfrichters, der ja bekanntlich um so manchen Zauber wusste. Dieser riet, den Teufelsbraten auf einen Kreuzweg zu tragen, und dort den Wilden Jäger um Salz dazu zu bitten. Salz aber kann der nächtliche Reiter nicht herbeischaffen, und so muss er das Fleisch wieder mitnehmen. Das tut er denn auch, doch nicht, ohne den Vorwitzigen entweder zu ermahnen, ihn in Zukunft in Ruhe zu lassen, oder ihm eine kräftige Ohrfeige zu versetzen.

Übrigens versuchten bei weitem nicht nur Männer, den Jäger zu foppen. Eine Frau aus Reitzengeschwenda hatte sich auf diese Weise ein stinkendes Stück Fleisch eingehandelt. Um es loszuwerden, überwand sie ihren Widerwillen und aß sogar davon – ein böser Fehler, wie sich herausstellte, denn nun musste sie gar seine Frau werden! Erst nach fünf Jahren wurde sie zu ihrem Mann zurückgebracht .... Ob der ihre abenteuerliche Geschichte geglaubt hat?

Mehr Glück hatte ein Knecht in der Schneidemühle am Grafenholz bei St. Gangloff. Auch er aß auf den Rat von dem Braten, der daraufhin prompt verschwand. Ähnlich ging es einem Bewohner von Altengesees, dem eine alte Frau dazu geraten hatte.

Besonders grausam aber ging der Wilde Jäger mit den Waldweibeln um. Nicht allein, dass er sie tötete, wo immer er sie traf. Ein Hirschbacher, der den Wilden Jäger foppte, fand ein Viertel Waldweibel in seiner Esse hängen – dies war der Braten, um den er den Wilden angerufen hatte!

Einst ging ein Untergeissendorfer bei tiefer Mitternacht durchs hohe Holz, als er den Wilden Jäger heranbrausen hörte. Er mochte wohl einige Bier zu viel gehabt haben, und tat aus Übermut auch einen Jagdschrei. Im nächsten Moment wurde er mit fortgerissen und musste mitlaufen, bis die Geisterstunde vorüber war. Ein Stück faules Fleisch war die Beute der gespenstischen Jagd, bei der dem Mann Hören und Sehen vergangen war. Ob er danach jemals wieder einen Tropfen Alkohol angerührt hat? Wahrscheinlich ja, doch darüber schweigen die Leute.

Auch der Wirrkopf aus dem Altenburgischen, der dem Jäger zurief „Nimm mich mit!" dürfte wohl zu viel Branntwein genossen haben. Sein Übermut brachte ihm eine unfreiwillige Fernreise ein: am nächsten Morgen um sechs Uhr in der Früh setzte ihn der Wilde Jäger auf einer Straße in Frankfurt am Main ab – viele hundert Kilometer von der Heimat entfernt. Da er sich nicht ausweisen konnte, sperrte man ihn als Landstreicher ein. Etliche Wochen musste er im Gefängnis schmoren, bis aus der fernen Heimat endlich Nachricht eintraf, dass man ihn dort sehnsüchtig vermisste.

Im Lämmergrund bei Wolfersdorf hörte ein Mann einst das Kläffen eines Hundes. Er dachte, es sei einer von des Försters Hunden und lockte ihn.

Doch welch ein Schreck! Nicht einer, nein, viele kleine Hunde rasten heran und sprangen an ihm hoch, so dass kaum vom Fleck kam. Nach schier endloser Zeit erreichte er eines seiner Felder. Im selben Moment verschwanden die Hunde, bis auf ein riesiges Tier, das ihn weiter verfolgte. Erst als der Mann in seiner Todesnot einen Schrei ausstieß und mit dem Fuß aufstampfte, verschwand auch diese Bestie. Sterbenskrank vor Angst kam der Mann heim.

Ähnlich erging es ein paar Greizern auf dem hohen Ries, als sie mit „hoh, hoh!" in das Rufen des Jägers einfielen. Wenige Augenblicke später wurden sie von einem der Hunde angefallen und konnten sich kaum ihrer Haut erwehren.

Einst diente in der Oberen Langendembacher Mühle ein unbesonnener Knecht, der glaubte, es mit jedem aufnehmen zu können. „Dem Berndietrich (d.h. dem Wilden Jäger) hänge ich heute Nacht eins an!" verkündete er großspurig. Wie sehr auch der Müller warnte, mit großen Herren sei kein gut Kirschen essen – der Knecht lachte nur und fing auch wirklich einen der Hunde aus dem Gefolge des Wilden Jägers. Als aber das Hundchen laut um Hilfe kläffte, kam ihm der Jäger zu Hilfe. Der Knecht ließ das Tier vor Schreck los und flüchtete sich in die Stube. Da flog ihm ein

Stück Aas hinterher, das er erst wieder los wurde, nachdem er auf den Rat des Müllers ein Stückchen davon gegessen hatte. Die Lust, es mit dem Wilden Jäger aufzunehmen, dürfte ihm nach diesem Abenteuer gründlich vergangen sein.

Auch ein Ruppersdorfer wollte unbedingt einen der kleinen Hunde fangen. Es gelang ihm auch. Er nahm das Tierchen mit nach Hause, doch o weh! Als er am nächsten Morgen danach sah, fand er anstelle des Hundes einen faulen Holzstock!

Neugier wird bestraft

In Hartmannsdorf bei Thieschitz lebte einst ein fallsüchtiger Bettler, den niemand heilen konnte. Als junger Mann war er des Nachts über den Märzenberg heimwärts gegangen. Plötzlich hörte er hinter sich eine Meute von Hunden. Als er an den Kreuzweg an der Schiefergasse kam, waren sie schon dicht hinter ihm. Er drehte sich um, und erstarrte vor Schreck: Da war der kopflose Reiter direkt hinter ihm! Das Pferd warf ihn zu Boden und traf ihn mit dem Huf ins Rückgrat. Seit jener verhängnisvollen Nacht war er ein kranker Mann.

Der dreibeinige Dachs

Einst erlegten ein paar Lichtenberger einen Dachs im Ronneburger Forst. Kaum aber hatten sie ihn in einen Sack gesteckt, da überraschte sie die Wilde Jagd. Kaum hatten sie sich versteckt, da fragte eine Stimme: Ob alles Wild erlegt sei? Eine anderer antwortete: Es fehlt nur noch ein dreibeiniger Dachs. Von Grauen gepackt rannten die Lichtenberger davon. Im Laufen leeren sie den Sack, und – oh Schreck! Es war tatsächlich der dreibeinige Dachs, den sie erlegt hatten!

Der dreibeinige Hase

Ein fürwitziger Kerl ging einst zur Fastnachtszeit bei Pohlitz auf die Jagd, obwohl doch jeder weiß, dass man in dieser Zeit nicht jagen darf, weil der Wilde Jäger dann Macht über jeden Jäger hat. Das Jagdglück war dem Mann in der Tat hold: schon hatte er einen Hasen geschossen und wollte eben heimgehen, als er die Wilde Jagd herankommen hörte. Eine dumpfe Stimme fragte: „Habt ihr alles?" – „Es fehlt bloß noch ein dreibeiniger Hase", war die Antwort. Jetzt schaute der Mann nach seinem Hasen, und richtig, der hatte nur drei Beine! Halbtot eilte er nach Hause, doch zu spät: Der wilde Geselle packte ihn beim Kragen und drehte ihm den Hals um.

Nächtliche Begegnungen mit der Wilden Jagd

Eines Nachts kehrte ein Mann von der Eisengrube nach Leumnitz zurück. Als er an einem Waldstück vorüberkam, sah er den Wilden Jäger mit großem Tross quer über die Felder auf sich zujagen. In seiner Not warf er sich in einen der dortigen Abzugsgräben, und die Wilde Jagd raste über ihn hinweg, ohne ihm zu schaden. Nur einen üblen Geruch trug der Mann von der unheimlichen Begegnung davon, denn jeder Hund hatte direkt über ihm sein Bein gehoben, so dass seine Kleider noch lange Zeit nach Urin stanken und ganz unbrauchbar waren.

Das Gleiche widerfuhr einigen Leuten zwischen Heukewalde und Nischwitz und auf dem Ziegenberg bei Cornschwitz.

Zuweilen ist die Wilde Jagd auch so fair und warnt den nächtlichen Wanderer mit dem Ruf : „Acker! Acker!" Wer solches hört, tut gut daran, sofort vom Weg auf den Acker zu flüchten und die Wilde Jagd passieren zu lassen.

Der Kantor von Berga und das Netz des Wilden Jägers

Vor etlichen Jahr hatten sich der Bergaer Kantor und seine Tochter auf der Untergeissendorfer Kirmse vergnügt. Es war spät geworden, als sie sich auf den Heimweg machten. Als sie nach Pöltschen kamen, jagte der Wilde Jäger heran, und ein großes Netz war gerade über den Weg gespannt. Da nahm der Kantor sein Taschenmesser. Kaum aber, dass er das Netz berührte, fiel es auch schon mitten auseinander. Ungehindert gingen nun beiden ach Hause; nur kam es dem Kantor so vor, als ob es ihm kalt in den Rücken zöge. Und richtig: bei Lichte sah man die Bescherung! Sein Rock war von unten bis oben zerschlitzt!

Der Wilde Jäger und seine Jagdnetze

Einst kehrte ein Mann von Berga zur Hammermühle zurück, doch wie groß war sein Schrecken, als er dort, wo sonst der Hammer stand, einen dunklen Mann sah, der ein graues Netz zog. Rasch verkroch er sich bei der sogenannten alten Kanzel in den Felsen und wartete, bis die Bergaer Stadtuhr die Mitternachtsstunde völlig ausgeschlagen hatte. Bis dahin waren in der Ferne viele Hundestimmen zu hören. Mit dem letzten Glockenschlag aber wurde es still, und kein Netz hinderte den nächtlichen Wanderer mehr daran, nach Hause zu kommen.

Einen anderen, der versuchte, durch das Netz zu kriechen, erwischte der Wilde Jäger, doch er hatte Glück: „Wärest du nicht auf deinem Berufswege, sollte dir's teuer zu stehen kommen!" mahnte er den zu Tode erschrockenen Mann. Dann aber drückte er das Netz nieder und ließ ihn ungehindert passieren.

Wo der Wilde Jäger zu Hause ist

Auf einem mit Büschen bewachsenen, von einem Wassergraben umgebenen Hügel bei Struth soll das Schloss des Wilden Jägers gestanden haben. Doch seine Feste ist schon lange zerstört, der Wilde Jäger längst von dort vertrieben. Im 19. Jahrhundert warf man in den Wahlgraben[21] nur noch das krepierte Vieh.[22] Etwa 1000 Schritte entfernt lag inmitten des Gebüsches eine Stelle, die nach einem späteren Besitzer Lessigs- oder Walthers Gottesacker genannt wurde. Dort, so hieß es, sei der Wilde Jäger begraben.

Auch ein Waldrevier bei der Hohenreuth mit dem

---

21 Wallgraben bzw. Wassergraben. Generell bezeichnet man mit Wasser gefüllte Schutzgräben oder -teiche als Wahlgräben bzw. Wahlteiche. Derartige Teiche findet man gerade im Osten Thüringens noch sehr häufig. Sie sind oft das einzige Überbleibsel kleiner Turmhügelburgen, die im Zuge des hochmittelalterlichen Landesausbaus überall errichtet wurden.-

22 Eine solche Entsorgung der Kadaver war durchaus nicht unüblich. Der damit einhergehende Gestank – von den Gesundheitsgefahren ganz zu schweigen – führte immer wieder zu Streitereien. Die Dorf- oder Stadtoberen versuchten ein über das andere Mal, diesem Unwesen Einhalt zu gebieten – mit mäßigem Erfolg.

treffenden Namen „das rote Kreuz" galt als Wohnstätte des Wilden Jägers. Noch im 19. Jahrhundert soll er die Stelle, die durch ein mannshohes rotes Holzkreuz gekennzeichnet ist, häufig besucht haben. Auch soll dort eine Eiche gestanden haben, in deren hohlem Stamm ein kleines Holzkreuz hing. Manche wollen zudem wissen, dass der Platz einst von einem Graben umgeben war.

Die Wilde Jagd zieht durch den Hof

Auf manche Höfe hat es der Wilde Jäger ganz besonders abgesehen. Ganz gleich, ob der Besitzer die Hoftore schließt oder nicht, die Wilde Jagd braust dort hindurch. Die Besitzer eines Gutes in Lohma machten sich daher gar nicht erst die Mühe, Tür und Tor zu versperren, denn die wären ohnehin wieder aufgesprungen. Von dort aus zog der ganze Tross des Wütenheeres dann gewöhnlich die Sprotte hinauf zur „wüsten Mühle" und weiter durch den Mähgrund nach Selka.

In einem anderen altenburgischen Dorf ging der Zug sogar durch die Unterstuben. Nach 11 Uhr war es dort nicht mehr zum Aushalten. Als man einstmals das Gesinde über Nacht arbeiten lassen wollte, sprühten die Funken nur so aus den abgescheuerten Dielen und Wänden , so dass Knechte und Mägde schleunigst das Weites suchten.

Auch das Lippold'sche Gut in Mosen, die Obermühle in Langendembach, Wöllners Gut in Grobsdorf, ein Gut in Zickra und viele andere Höfe und Güter wussten von den regelmäßigen Besuchen des Wilden Jägers ein Liedchen zu singen.

Von der Heuckewalder Kirche bei Ronneburg soll der Wilde Jäger talabwärts gezogen sein; vom Ronneburger Forst ging es über die Wiesen hinab nach Rusdorf, von den wüsten Backöfen bei Hohenreuth den Grund hinab nach Zettlitz. Vom Wahlteich zu Hohenleuben ging es zur Tumelle bei Brückla, von Wolfersdorf an Pohlen vorbei nach Wüstfalka und aus dem Elstertal die Chemnitz hinauf bis nach Mosen, dann durch den dortigen Lippoldschen Hof, den Hain hinauf in den Cronschwitzer Wald oder nach Endschütz. Besonders häufig brauste das Wilde Heer an der Endschützer Ziegelei vorüber. Von Zickra aus nahm es seinen Weg durch den Kroatengraben, über die Schafbrücke, am Hasenholz vorbei, den Beergraben hinauf auf den Beerberg und zum Beerteich hin. Noch an vielen weiteren Orten soll der Wilde Jäger sich herumgetrieben haben, doch das ist eine andere Geschichte.

In den Zwölften liegt die Zukunft offen

In bestimmten Nächten kann der Mutige, der es wagt, den Gefahren der Anderswelten zu trotzen, viele Geheimnisse erfahren. Etliche gingen daher in den Zwölften immer wieder hinaus auf einen Kreuzweg, um zu „horchen" und die Zukunft zu erforschen. Andere zogen die Bequemlichkeit der heimischen Stube vor, denn auch am Ofenloch oder am Fenster konnte man den Blick in die Zukunft wagen oder die geisterhaften Züge der Anderswelten sehen. Apropos Fenster: Natürlich eignet sich nicht jedes Fenster dazu, sondern nur solche, über denen sich der Tragebalken der Stube befindet. Der Horchende darf sich außerdem in der Zeit, in der er zum Fenster hinausschaut, auf keinen Fall umsehen, will er nicht selbst Schaden nehmen.

Häufiger aber verabredet man sich, um gemeinsam zum Kreuzweg oder auf das Saatfeld hinauszugehen und zu „horchen". Um sich zu schützen, zieht man einen Kreis, dessen Grenzen die bösen Mächte bekanntlich nicht überschreiten dürfen. Gar mancher Neugieriger bedachte dabei jedoch nicht, dass der Kreis nur dann seine schützende Wirkung entfaltete, wenn man bei seiner Errichtung bestimmte Regeln beachtete. Wehe denen, die diese Regeln vergaßen! Sie waren binnen Jahresfrist des Todes – so geschehen in

Frankenwald, Werdau und Großdraxdorf.

Die „Horchenden" erblickten Leichenzüge, die aus jenen Häusern kamen, in denen im kommenden Jahr jemand sterben würde. Manchmal schwebte auch „nur" ein Sarg über diesen Häusern, oder es wurden Särge an ihnen vorübergetragen. Die Zahl der Särge entsprach dabei der Zahl der Menschen, die im folgenden Jahr sterben würden. Oft zeigte sich auch der Böse in Form eines dreibeinigen Bockes oder eines Feuerklumpens. Hörte man aus der Ferne Geschrei, bedeutete das Krieg, Glockenläuten hingegen kündete ein Feuer an. Andere hörten Stimmen und merkten sich wohl, was diese für die Zukunft verkündeten, doch schwiegen sie über das, was sie erfahren hatten.

Spuk in der Kirche

Am 2. Weihnachtsfeiertage des Jahres 1616 machte der Superintendent in der Zeitzer Schlosskirche gerade den Eingang zur Predigt, als sich plötzlich ein seltsames Geräusch von der Emporkirche hören ließ. Es klang gerade so als ob die ganze Kirche einstürzen wollte! Voller Panik lief die Gemeinde davon. Der Superintendent aber hatte gar nichts gehört und begriff nicht, warum seine Schäfchen plötzlich das Weite suchten. In seiner Not begann er alleine das Lied „Ein Kindelein, so löblich" zu singen, und – oh Wunder: Daraufhin kehrten die

Flüchtigen auch tatsächlich zurück. Als man später die Kirche gründlich untersuchte, konnte man nicht den geringsten Schaden entdecken.

Perchta und die Oppurger Spinnerinnen

In früheren Zeiten traf sich die Dorfjugend nicht in Clubs (denn die gab es damals noch nicht), sondern in Rockenstuben, wo es bei weitem nicht immer bierernst und züchtig zuging. Die Obrigkeit beäugte das Treiben in den Rockenstuben mit Argwohn, doch auch ein uraltes, mächtiges Wesen soll in den Zwölften den dort zusammensitzenden Spinnerinnen Besuche abgestattet haben. Im Voigtland war sie vor allem in der Nacht vor dem Dreikönigstag unterwegs. Auf einem ihrer Umzüge besuchte sie auch das Städtchen Oppurg im Orlagau. In der Spinnstube herrschte eine fröhliche Stimmung. Mit leichter Schadenfreude erzählten die Spinnerinnen, was sie an Lächerlichem aus dem Leben ihrer Gefährtinnen wussten, und konnte sich die Angegriffene nicht verteidigen, brach alles in lautes Gelächter aus. Einzig Perchta fand dieses übereinander Herziehen überhaupt nicht lustig. Zornig reichte sie zwölf leere Spindeln durch das Fenster – für jede erschrockene Spinnerin eine – und befahl, diese Spulen binnen einer Stunde bis zum Rande voll zu spinnen. Welche es nicht schaffte, die würde sie streng bestrafen.

Mit einem Schlag was es vorbei mit der fröhlichen Stimmung. Die Mädchen waren verzweifelt, denn selbst die fleißigste Spinnerin konnte dieses Werk in solch kurzer Zeit nicht vollbringen. So verstrich eine Viertelstunde nach der anderen, und die Angst der Mädchen wurde immer größer. „Ich hab's!" schrie plötzlich ein stupsnasiges Dirndl. Rasch sprang sie auf den Dachboden, ergriff einen Wickel Werg und umwickelte in aller Hast die leeren Spulen. Ihren Gefährtinnen fiel es wie Schuppen von den Augen. In Windeseile überspannen sie die Spindeln zwei oder drei Mal, so dass die Spulen voll erschienen. Als Perchta zurückkam, wunderte sie sich zwar, aber sie bemerkte die List nicht. Die Oppurger Spinnerinnen waren noch einmal davongekommen.

Perchta und die Spinnerin

„Alter schützt vor Torheit nicht!" besagt ein altes Sprichwort. Die folgende Sage gibt ein beredtes Zeugnis vom Wahrheitsgehalt dieser Worte. In Langendembach lebte einst eine alte Spinnerin, die den ganzen Winter so fleißig spann, dass sich alle Frauen und Mädchen ein Beispiel an ihr nehmen konnten. Selbst in der Nacht vor dem Dreikönigstag, die doch der Perchta heilig war, spann sie weiter. „Wenn Perchta kommt, wird es euch übel ergehen..." warnte ihr Schwiegersohn, doch sie winkte nur ab. „Ei was! Perchta bringt mir keine Hemden, ich muss sie selbst spinnen." Nach einer Weile wurde das Fenster aufgeschoben, und herein blickte niemand anders als die alte Göttin. Grimmig warf sie eine Anzahl leerer Spindeln in die Stube und befahl, dieselben binnen einer Stunde voll zu spinnen. Und so flink und geschickt die alte Frau auch war, diese Aufgabe überstieg ihre Fähigkeiten bei Weitem. In ihrer Angst überspann sie jede Spule nur mit einigen Lagen, packte alles in einen Korb und warf die Spulen in den Bach. Vielleicht erlangte sie durch diese Verzweiflungstat Perchtas Gnade? Darüber berichtet die Sage nichts. Fest steht nur, dass die Alte nicht bestraft wurde.

Ein misslungener Liebeszauber in Saalfeld

In Saalfeld lebte einst eine Frau, die eigentlich allen Grund gehabt hätte, mit sich und der Welt zufrieden zu sein. Schließlich war sie die Frau des von allen respektierten Schossers, doch statt ihrem Mann true zur Seite zu stehen, hatte sie ein Auge auf ihren Schreiber geworfen. Hatte er Angst vor den tödlichen Konsequenzen, die der Ehebruch nach sich ziehen würde, sollten sie entdeckt werden, oder war sie ihm einfach nur unsympathisch? Fest steht nur, dass der Schreiber nichts von der Schösserin wissen wollte. Sie entschloss daher, seine Liebe durch Zauberei zu gewinnen. Die Schösserin ließ also frisches Brot backen, steckten mitten in der Christnacht kreuzweise zwei Messer hinein und murmelte die vorgeschriebenen Beschwörungen. Doch irgendetwas war bei dem Zauber schief gegangen. Kurze Zeit, nachdem sie das Brot verzaubert hatte, sprang der Schreiber nackt, wie Gott ihn geschaffen hatte, in die Stube, setzte sich an den Tisch und sah die Frau scharf an. Der fuhr der Schreck in alle Glieder. Hastig stand sie auf und lief davon. Der Schreiber aber zog die Messer aus dem Brot, warf sie ihr nach und hätte sie beinahe getroffen. Daraufhin ging er zurück, als sei nichts geschehen.

Eine Muhme, die Zeugin der ganzen Szene geworden war, war darüber so geschockt, dass sie wochenlang krank darniederlag. Der Schreiber aber konnte sich am nächsten Morgen an nichts erinnern. „Ich möchte nur wissen“, sagte er zu den Hausgenossen, „welche Frau mich letzte Nacht so in Angst und Schrecken versetzt hat. Ich fühle mich so schlapp und ausgelaugt. Sie hat mich mit aller Macht zu sich gezogen, und ich konnte mich kaum wehren. Ich habe aus ganzem Herzen gebetet, aber es hat mich wie von böser Hand zu ihr hingezogen. Wer kann das nur gewesen sein?“

Frau Holle und der Wilde Jäger im alten Thüringen

Frau Holles Wagen

Vor langer Zeit fuhr in der Mitte der Nacht ein seltsamer Wagen durch den Wald, der damals noch das Riedchen bei Tiefenort bedeckte. In ihm saß eine unbekannte Dame. Die Rauhnächte waren hereingebrochen und der Waldboden hatte sich durch die langen Regen- und Schneefälle der vergangenen Wochen in einen sumpfigen Morast verwandelt. Kein Wunder also, dass der Wagen steckenblieb. Zu allem Überfluss zerbrach auch noch ein Rat. Zum Glück kamen gerade einige Holzhauer des Weges, die noch bis weit in die Nacht hinein im Wald gearbeitet hatten.. Rasch schlugen sie einigen Stangen ab, reparierten notdürftig das beschädigte Rad und zogen den Wagen aus dem schlammigen Boden. Freudig bedankte sich die Dame und gebot den Leuten, die Späne als Lohn für ihre Mühen aufzuheben. Ein paar Späne als Lohn? Na danke! Lachend und unwillig kehrten ihr die Holzhauer den Rücken und gingen ihres Weges. Nur einer hob gedankenlos einige Späne auf und steckte sie in seine Tasche. Doch wie staunte er, als er nach Hause kam? Da waren keine Späne mehr in seiner Tasche, sondern pures Gold!

Frau Holle

Wenn Frau Holle in den Zwölften durch Thüringen zieht, legen die Mägde ihre Spinnrocken neu an, umwinden sie mit vielem Werg oder Flachs und lassen sie über Nacht stehen, denn sie wissen, dass Frau Holle die Fleißigen belohnt. Sieht die Holle nun die so präparierten Spinnrocken, so spricht sie segnend: „So manches Haar, So manches gute Jahr." Am Dreikönigstag aber kehrt sie in den Hörselberg zurück. Trifft sie dann noch Flachs auf dem Rocken an, so spricht sie anders, nämlich: „So manches Haar, so manches böse Jahr." Deshalb reißen die Mägde am Abend vorher alles von ihren Rocken herunter, was sie bis dahin nicht abgesponnen haben, ja sie brennen sogar die kleinen Flachsfäserchen sorgfältig herunter, damit ja nichts davon übrig bleibt.

Der getreue Eckart und das wütende Heer

In Thüringen hat das wütende Heer in den Hörselbergen seine Bleibe. Von dort aus ziehen die gespenstischen Reiter und Soldaten in den Zwölften über das Land. Ihnen voran aber schreitet ein stattlicher, grauer Mann, den sie den „getreuen Eckart" nennen. Er trägt einen Stock in der Hand und ermahnt die Menschen, auszuweichen und nach Hause zu gehen, damit ihnen kein Unheil geschieht. Nach ihm kommt eine schauerliches Heer: Manche tragen das Gesicht auf der Brust, andere haben den Kopf verloren, wieder andere sind ohne Arme oder Beine. Jägergeschrei, Hörnerblasen und Hundegebell tönt durch die Luft.

Der Spuk vom Singerberg

Zwischen Paulinzella, Stadtilm und Königssee liegt der sagenumwobene Singerberg. Zu allen Zeiten des Jahres, besonders aber in der Zeit der Rauhnächte, geschehen dort seltsame Dinge. Vor vielen Jahren fuhr eine Marktfrau am frühen Morgen von Hammerfeld nach Königsee. Sie war noch in der Dunkelheit aufgebrochen, um beim ersten Tageslicht auf dem Markt zu sein. Langsam zuckelte ihr Wagen den schlammbedeckten Hang des Singerberges hinauf. Schlechter und schlechter wurde der Weg. Schließlich, al die Frau schon fürchtete, sich verirrt zu haben, gewahrte sie in der Ferne ein Licht, das langsam näherkam. Da sie glaubte, man wolle ihr den Weg leuchten, grüßte sie den Lichtträger freundlich. Wie aber erschrak sie, als sie die Wahrheit erkannte: Das Licht flackerte aus den Augen des Fremden! Wortlos ging er an ihr vorüber und verschwand in der Dunkelheit. Im selben Moment, in dem er den Wagen passierte, blieb das Gefährt stehen. Wie sehr die Frau auch bat, flehte und antrieb, nichts konnte die Pferde von der Stelle bewegen. Die Frau betete und betete, doch erst als der Tag hereinbrach, setzten sich die Pferde wieder in Bewegung und – oh Wunder – der Wagen ließ sich mühelos weiterziehen.

Die Leute erzählten sich auch, wer in der Christnacht zum Singerberg aufschaue, könne dort oben zwei große, helle Lichter sehen. Das seien die Kerzen, die die verwünschte Prinzessin des Berges zu Ehren der Heiligen Nacht anzünde. Niemand aber, der hinaufstieg, konnte bisher die Lichter finden.

Andere wiederum wollen wissen, dass in den Zwölften gar wundersames Holz auf dem Singerberg geschlagen werden kann. Butterfässer, aus diesem Holz gezimmert, vermehren die Butter. Vielen aber ist der Versuch, solch Holz in den Zwölften zu schlagen, übel bekommen.

Das Wilde Heer

Eine Begegnung mit jenem Wilden Heer, das in der Nacht der Frau Holle[23] umherzieht, dürfte vermutlich der Traum eines jeden Bierliebhabers sein. Ein Mann, der das Gebell der Hunde und das Jagdgeschrei hörte, stellte für die Wilden Jäger eine

---

23 Das ist die letzte der 12 Nächte.

Flasche Bier hin. Die ließen sich den Gerstensaft trefflich munden. Als sie sie wieder abstellten, konnte der Mann sein Glück nicht fassen. Obwohl die Jäger in vollen Zügen getrunken hatten, war die Flasche nicht leer. Im Gegenteil: So oft er auch daraus trank, sie blieb stets gut gefüllt.

Das Wilde Heer und das Bier

Bei Schwarza ist nicht der Wilde Jäger, sondern Frau Holle die Anführerin des Wütenden Heeres. Der treue Eckart zieht der wilden Schar voran und warnt die Leute, aus dem Wege zu gehen. Einst holten ein paar Schwarzaer Knaben Bier aus der Schenke, als sie auf dem Heimweg Frau Holles Heer gewahrten. Weil der gespenstische Zug die ganze Straßenbreite einnahm, wichen sie mit ihren vollen Kannen in eine Ecke aus und wollten sich verstecken. Doch zu spät: Einige Weiber hatten sie bereits entdeckt und eilten ihnen nach. Sie taten ihnen jedoch nichts, sondern nahmen ihnen nur die Kannen ab und tranken daraus. Der Schreck verschlug den Knaben die Sprache und das war ihr Glück. Nachdem sich die Weiber satt getrunken hatten, kam der treue Eckart zu ihnen und sagte ernst: „Ihr wart gut beraten, kein Wörtchen zu sprechen, sonst hätte man euch die Hälse umgedreht. Nehmt eure Kannen und geht rasch nach Hause. Wenn ihr keinem Menschen verratet, was hier und jetzt geschehen ist, werden eure Kannen immer voll sein." Die Knaben nahmen die Beine in die Hand und rannten so schnell, wie sie noch nie gerannt waren. Voller Furcht traten sie in die heimische Stube. Was würden die Bauern sagen, wenn die Kannen leer waren? Aber sie waren nicht leer. Der treue Eckart hatte Wort gehalten! Drei Tage lang gab es Bier im Überfluss. Dann aber konnte sich einer der Knaben nicht mehr beherrschen und plauderte die wundersame Begegnung heraus. Im Nu hatte es mit dem Biersegen ein Ende.

Die Geisterkirche von Weimar

Vor langer Zeit erwachte die Magd des Weimarer Stadtkirchners mitten in der Christnacht. War es nicht höchste Zeit, die Kirche zu öffnen? Flugs kleidete sie sich an und eilte hinaus, doch wie erstaunt war sie, als sie sah, dass die Kirche hell erleuchtet war? Furchtsam öffnete sie die Tür einen Spalt und spähte hinein. Aber was war das? Die ganze Kirche war voller winziger Mönche! Rasch zog sie sich zurück, doch man hatte sie bereits bemerkt. Einer der Mönche warf ihr eine große Kugel nach, die sie aufhob. Dann floh sie. Voller Furcht erzählte sie am nächsten Morgen, was ihr widerfahren war. Am neunten Tage starb sie. Die Kugel aber bestand aus purem Gold.

Die Weimarer Stadtkirche stand schon lange bevor Luthers Lehre Einzug in Thüringen hielt. Als der neue Glauben sich ausbreitete, wurden die Mönche vertrieben und mussten die Kirche in aller Eile verlassen. Herzog Wilhelm ließ die Kirche umweihen und verbot ihnen, jemals wieder einen Fuß hinein zu setzen. Das ärgerte die Mönche gewaltig, denn in der Eile hatten sie ihre in der Kirche verborgenen Schätze nicht mitnehmen können. Aber nicht nur Angst, sondern auch Wut verleiht bekanntlich Bärenkräfte, und so gruben die Mönche vom Kornhaus aus einen Gang hinüber zur Kirche. In einer Nacht- und Nebelaktion räumten sie sodann alles Wertvolle hinaus. Für diese frevelhafte Tat müssen sie nun jedes Jahr eine Stunde vor der Christmette in der Kirche erscheinen .

Frau Hulle im Kyffhäuser

Gleich mehrere Berge in Thüringen nehmen für sich in Anspruch, Frau Holles Wohnstatt zu sein. Und warum auch nicht? Selbst viele Menschen haben mehrere Wohnsitze – warum sollte einer Göttin verwehrt sein, was bei den Menschen alltäglich ist? Eine ihrer Wohnungen hatte Frau Holle oder Hulle im Kyffhäuser. Vor langer Zeit wurden die Menschen in den fruchtbaren Ebenen am Fuße der sagenumwobenen Berge von einer langandauernden Schlechtwetterperiode heimgesucht. Es regnete, und regnete, und regnete und wollte gar nicht wieder aufhören. Umso mehr wunderte sich ein Schäfer, denn jedesmal, wenn er seine Herde in die Berge trieb, geschah etwas Unglaubliches: Der Regenschleier hob sich, und von einem Augenblick zum anderen standen Hirt und Herde im schönsten Sonnenschein. Und damit nicht genug. Frau Hulle selbst kam aus dem Berg und breitete etliche Flachsknoten zum Trocknen auf der Wiese aus. Kehrte der Schäfer abends in sein Dorf zurück, stand er am Fuße des Berges wieder am „schönsten" Regen. So ging das Tag für Tag. Der Hirte wagte gar nicht, den Dörflern das Erlebte zu erzählen. Sie würden ihn nur auslachen und seinen Worten keinen Glauben schenken. Und so war es denn auch. So sehr der Schäfer auch beteuerte, dass er die Wahrheit sagte – die Leute lachten nur und meinten, er solle doch einmal ein paar Hände voll Flachsknoten mitbringen.

Als der Hirte am nächsten Tag wieder hinauf auf den Berg stieg und Frau Hulle ihre Knoten zum Trocknen auslegte, fasste er sich ein Herz und bat sie um ein paar Hände voll trockener Flachsknoten, damit man ihm unten im Dorf Glauben schenke. Hulle lächelte. „Nur zu!" sagte sie. „Stopf' dir die Taschen recht voll damit!" Freudig gehorchte der Hirte, doch als er nach Hause kam, da war kein Flachs mehr in seinen Taschen! Alle Flachsknoten hatten sich in pures Gold verwandelt, und der Hirte, der einst der ärmste Mann im Dorf gewesen war, wurde von einem Moment zum anderen zum reichsten Mann weit und breit.

Perchta und die Wilden Jäger in Sachsen und Anhalt

Der Wilde Jäger jagt die Lohjungfern

Bei Gutenberg unweit von Halle gab es einst ein Gehölz, das Abbatissine genant wurde. Dort sah man zur Mittagszeit zwischen 11 und 12 Uhr den Wilden Jäger als kopflosen Geist umhergehen. Bei Nacht aber jagte er dort mit seiner Meute die Lohjungfern. In der Dölauer Heide ritt er zuweilen als kopfloser Reiter auf einem Schimmel durch die Lüfte. Für die Einwohner war das ein böses Omen, denn sie wussten: in den nächsten drei Tagen würde es ein Unwetter geben.

Auch im Wald zwischen Schraplau und Eisleben, im Zellgrund zwischen dem Galgen- und Zellberg bei Erdeborn, im Mittelholz bei Näglitz und in vielen anderen Wäldern der Sächsischen Fürstentümer ließ er sich sehen. Wer ihm begegnete, tat gut daran, sich flach auf den Boden zu werfen – dann brauste die Wilde Schar über ihn hinweg.

Hast du geholfen jagen, musst du auch helfen nagen

Oftmals zog der Wilde Jäger durch die sogenannte Pfaffenmat bei Wettin. Ein Hirte, der dort seine Herde hütete, hörte das Bellen und Hetzen und fragte, ob er nicht mitjagen dürfe. „Nur zu!" rief der Wilde Jäger, und der Hirt schloss sich der Wilden Schar an. Als die Jagd zu Ende war, bekam er eine Pferdekeule als Jagdanteil. Der Hirt aber wollte sie nicht essen. Da tanze die Keule drei Nächte hindurch auf der Weide um die Schafe herum, auch mitten in die Herde hinein, so dass die Tiere ganz scheu wurden. Der Hirt wandte sich in seiner Not an den Pfarrer, der daraufhin den Wilden Jäger herzitierte und ihm gebot, die Keule zurückzunehmen. Der Wilde Jäger aber erwiderte, es sei ein alter Brauch bei ihm und seinen Jägersleuten, dass der, der mitjage, auch mit essen müsse. Daher heißt es noch heute in einem alten Sprichwort: *„Hast du geholfen jagen, musst du auch helfen nagen."*
Dem Hirten blieb nichts anderes übrig, als wenigstens ein kleines Stückchen der Keule zu essen, die daraufhin auch prompt verschwand.
Gleiches weiß man auch in Deberstedt und Greifenhagen zu berichten. Zu Wettin aber rief ein Schiffer, der den Wilden Jäger über sich hinwegbrausen hörte: „Mir auch eine Keule!" Das

hätte er besser nicht tun sollen, denn augenblicklich lag eine mächtige Pferdekeule in seinem Kahn. Vergeblich versuchte er, die schwere Keule hinauszuwerfen. Er ächzte und stöhnte und schwitzte und keuchte – umsonst. Erst als er einen deftigen Fluch ausstieß, verschwand die unerwünschte Jagdbeute plötzlich.

Die Futterstelle des Wilden Jägers

In Deberstedt bei Eisleben gab es einen Platz, an dem sich der Wilde Jäger oft aufhielt, um Pferde und Hunde zu füttern. Als man dort ein Haus baute, wurde die erste Mauer fünfzehn Mal hintereinander in der Nacht wieder eingerissen. Erst beim sechzehnten Mal blieb sie stehen, doch noch Mitte des 19. Jahrhunderts ging es in den Zimmern des Nachts unruhig zu, und zu allen Tageszeiten wehte der Wind.

Frau Holle

Frau Holle kennt man in ganz Thüringen. Oft tritt sie hier nicht als hohe, stattliche Frau, sondern als oft als kleines buckliges Mütterchen auf. Sie isst sehr hässlich und duldet es nicht, dass Jemand die ihr heiligen Zwölf Nächte durch spinnen entweiht. Manchmal macht sie, dass die Kühe der Schuldigen

Blut statt Milch geben, meist aber beschränkt sie sich darauf, dass Garn zu verderben oder dafür zu sorgen, dass das Gewebte bald zerreißt. Die Menschen fürchteten sich vor ihr und sprachen nur Gutes über sie – nur hinter vorgehaltener Hand raunte man sich ihre bösen Streiche zu. Wagte es ein kecker Bursche, in der Spinnstube über sie zu spotten, so hielt man ihm den Mund zu, spähte ängstlich zum Fenster und flüsterte: „Gott segn' uns, wenn sie das gehört hat." In Wettin und Beidersee nannte man sie Frau Rolle, um Wollmirstedt, Unter- und Oberröblingen und Erdeborn hingegen Frau Wolle.

Frau Wolle und der Steinberg

Zwischen Aseleben und dem salzigen See liegt ein Berg, der mit einigen hundert Steinen bedeckt ist. Dort hütete einst ein Schäfer seine Herde. Als er sein Frühstück auspackte, kam Frau Wolle den Berg hinauf, um auf der anderen Seite hinab zum See zu gehen und dort zu baden. Sie bat den Schäfer um ein Stückchen Brot, doch der lachte nur und sprach, wenn sie essen wolle, solle sie auch arbeiten. Er habe sein Brot ehrlich verdient und brauche es allein. Da berührte ihn Frau Wolle mit ihrer Rute, und im gleichen Augenblick verwandelte er sich in Stein. Dann berührte sie seine beiden Hunde und die ganze Herde und alles,

Hunde wie Schafe, wurde zu Stein. Und so liegen sie noch heute dort oben und erinnern an den hartherzigen Schäfer, der sein Brot nicht teilen wollte. Der Berg aber wird seitdem der Steinberg, zuweilen auch der Schafberg, genannt.

Auf einem Anger bei Ahlsdorf lagen einst auch derartige Steine. Es hieß, dies sei ein verwunschener Schäfer mit seinen Hunden und fünfhundert Schafen, doch wer sie in Stein verwandelt hatte, wusste niemand zu sagen.

Die Taube in den Zwölften

In Diemitz bei Halle hörte man in den Zwölften oft des Nachts oft ein seltsames Rauschen in der Luft. Dann freuten sich die Bauern, denn das Rauschen deutete auf ein fruchtbares neues Jahr und unverhofftes Glück. Die Verursacherin dieses merkwürdigen Geräusches aber war eine Frau, die nur in den Zwölften auf der Erde erschien und in Gestalt einer Taube über das Land zog. Diese Taube unterschied sich auf den ersten Blick nicht von ihren Artgenossinnen, doch wenn sie die mit den Flügeln schlug, rauschte die Luft, dass man es noch eine Viertelmeile weit hörte. Mit ihren Füßchen trug sie ein kleines, zierliches Stühlchen aus Schilf, auf das sie sich setzte, wenn sie müde wurde, denn niemals durfte sie die Erde berühren. Dort aber, wo sie ausruhte, da grünte und blühte es im nächsten

Jahr in voller Pracht und überall, wo sie vorüberzog, waren die Felder fruchtbar und die Menschen mit Glück gesegnet. Am Morgen des Dreikönigstages verwandelte sie sich in eine Frau und zog sich in die Anderswelt zurück.

Sagenhafte Begebenheiten in Sachsens Fluren

Das wütende Heer bei Wiesenthal und im Erzgebirge

Im ganzen Erzgebirge kennt und fürchtet man das Wilde Heer. Viele wollen es schon gesehen und gehört haben – bei Nacht, aber auch am helllichten Tage. Im 19. Jahrhundert ritten zwei Spitzenhändler von Stangengrün nach Hirschfeld, als sie plötzlich mitten am Tage ein furchterregendes „Hoho!" hörten. Wie aus dem Nichts tauchten etliche Dachshunde auf und schwirrten unter den Hufen der verängstigten Pferde herum. Dann – so plötzlich, wie der Spuk begonnen hatte, verschwand er auch wieder.
Manchmal hört der Wanderer auch Schritte neben sich, doch zu sehen ist niemand.
Einem cholerischen Wanderer erteilte der Wilde Jäger einst eine hübsche Lektion. Unweit von Annaberg begegnete er in der Abenddämmerung einem alten Bergmann. Er grüßte ihn, erhielt aber keine Antwort, und auch, als er den Gruß etwas lauter wiederholte, schwieg der Alte. Das erzürnte den Mann derart, dass er dem Fremden mit den Worten „Ei, so soll dich Grobian gleich der Teufel..." mit der Reitgerte eine überzog. Im

nächsten Moment wusste er nicht mehr, wo er war. Es war gerade so als ob jemand einen Teil seine Gedächtnisses geraubt hätte. Er ritt bis weit in die Nacht und erst gegen Mitternacht hörte er Stimmen. Voller Angst rief er in die Finsternis hinein, und sein Ruf wurde erhört. Neugierig kamen einige Leute herangelaufen, die ihn freundlich grüßten und neckten, woher er denn so spät noch komme. Unser Wanderer war verwirrt: Wer waren diese Leute? Es schien fast so, als würden sie ihn kennen – dabei hatte er sie noch nie zuvor gesehen! Doch die Leute kannten ihn tatsächlich: es waren seine Nachbarn, die sich über sein merkwürdiges Verhalten sehr wunderten. Sie führten ihn zu seinem Haus, doch er erkannte es nicht. Erst als seine alte Mutter mit einer Kerze vor die Tür trat, kehrte sein Gedächtnis zurück.

Der gespenstische Leichenzug am Silvesterabend zu Schöneck

In einem kalten Silvesterabend saß ein alter Schneider zu Schöneck noch spät an seiner Arbeit. Seine Frau leistete ihm Gesellschaft und half ihm. Sie waren fast fertig, nur die Knöpfe mussten noch angenäht werden, doch das dazu nötige Garn ließ sich nicht finden. Über all der Arbeit hatten sie vergessen, neues vom Boden zu hole. Die Arbeit musste aber dennoch fertig werden, also stieg der Alte hinauf in die Kammer, um dort eine neue Rolle zu suchen. Das Mondlicht fiel durch die Dachluke, und seufzend trat der Alte ans Fenster. „Welch eine schöne klare Nacht!" dachte er und bewunderte das Funkeln der Sterne. Ehrfurcht vor der Schönheit und Größe der Schöpfung ergriff ihn. Er nahm sein Käppchen ab und betete ein Vaterunser. Da geschah etwas Seltsames. Wenn man nämlich in der Neujahrsnacht unter einem Balken steht, dessen eines Ende nach Osten gerichtet ist, ein Vaterunser betet und dabei nicht aus der Linie des Balkens heraustritt, dann kann man in die Zukunft blicken oder, wie es im Volksmund heißt, man kann „horchen". Tritt man aber aus dem Kreise heraus oder erzählt gar, was man gesehen hat, so wird einem sogleich der Hals umgedreht. Der Alte aber dachte daran gar nicht. Auf einmal hörte er das Geläut von Totenglocken und ein langer Leichenzug kam den Mühlberg herauf, bis er vor dem Haus des Schneiders anhielt. Kurze Zeit später kamen auch die Schulkinder und die Geistlichen herauf, stellten sich neben der Bahre auf, sangen zwei Lieder und gingen dann in Richtung Kirchhof. Der Alte konnte die Leichenbegleiter gut erkennen: Da waren seine Vettern, Nachbarn, Gevattern, so sogar sich selbst und seine Frau sah er mit weinenden Augen dicht hinter dem Sarge schreiten. Da wurde ihm nun doch etwas mulmig zumute, und er wäre gerne fortgegangen. Zum Glück fiel ihm das mit dem Halsumdrehen noch rechtzeitig ein, und so blieb er wohl oder übel stehen. Nun sah er aus einem Haus ein Flämmchen herausfahren, aus einem anderen ebenfalls, dann noch eines, und noch eines, und noch eines. Fast aus jedem Hause fuhr ein Flämmchen empor. Der Schneider wusste, das das bedeutete: im nächsten Jahr würde ein Feuer seine geliebte Heimat verwüsten. Da konnte er sich nicht mehr halten und sprang aus dem Kreis, doch zu seinem Glück schlug es genau in diesem Augenblick Eins. So schnell er konnte, stieg er die steilen Stufen hinunter und fand seine Frau schlafend. Auch er legte sich nieder, ohne zur Neujahrsmesse zu gehen, doch das Gesehene stimmte ihn traurig. Etliche Tage haderte er mit sich: Würde er etwas sagen, so wären die andern gewarnt, doch er wäre des Todes.   Einige Tage später traf er den Wächter. Der tat sehr geheimnisvoll und flüsterte, es stünde ein schlimmes Jahr bevor. Da wusste der Schneider, dass auch der andere „gehorcht" hatte. Nach ein paar Wochen starb sein Bruder, der Müller der Bockmühle, und alles trat so ein, wie es der Schneider gesehen hatte. Der Zug kam den Mühlberg hinauf, hielt vor des Schneiders Haus, die Schulkinder sangen zwei Lieder und die Arie, dann schritt man zum Kirchhof herüber. Dort stand der alte Wächter, sah den Schneider bedeutungsvoll an und weinte bitterlich. Die Leute wunderten sich darüber, denn der Wächter hatte den Müller doch kaum gekannt. Warum trauerte er dann so um den Toten? Der Wächter aber hatte allen Grund zu trauern, denn noch im selben Jahr brannte fast die ganze Stadt nieder.

Die Rauhnächte in Bayern und Franken

Der Geist von Schloss Gräfenberg

Vor langer Zeit führte ein überdachter Gang aus dem östlichen Winkel des Schlosses hinüber zur Herrschaftsempore in der Kirche.[24] Hier konnten sich die Herren von Gräfenberg über einen ganz besonderen Luxus freuen: Die Empore war nämlich beheizt – ein wahrer Segen in der kalten Winterzeit. In einer mondhellen Weihnachtsnacht stand die Mißbacherin auf, um für die Herrschaft einzuheizen, denn der Mond schien so klar und groß, dass sie meinte, der Tag würde schon anbrechen. Sie bemerkte ihren Irrtum auch zunächst nicht, heizte ein und las dann noch ein Weihnachtslied in der Herrschaftsempore und wartete auf den sechsten Glockenschlag der Uhr, denn sie wollte zur Frühmesse läuten. Plötzlich aber hörte sie Schritte. Die Tür öffnete sich, und eine bunt gekleidete Gestalt trat ein, sah sich ein paarmal um und ging wieder hinaus. Hinter ihr schloss sich die Tür. Im selben Augenblick schlug die Uhr – doch nicht etwa sechs, sondern zwölf Uhr!

---

24 Derartige überdachte Gänge oder Brücken zwischen Schloss und Kirche waren durchaus nicht unüblich. Und warum auch nicht? Die Familie des Burg- oder Schlossherren wollte natürlich genauso wenig nass werden wie wir heute.

Der Nusskaspar

In einem Dorf nicht weit von Nürnberg lebte vor Zeiten ein Bauer, den alle nur den Nusskaspar nannten, weil der die schönsten Nüsse an seinen Nussbäumen hatte. Wie alle Bauern im Knoblauchland nannte er einen fruchtbaren Garten sein eigen, in dem er – wen wundert's – vor allem die aromatisch duftende Lauchpflanze anbaute. Allein, der gute Mann war ein Pechvogel: Was er auch anfing, alles misslang ihm. Bald hatte er große Verluste durch böse Schulden, bald wurde er von Menschen heimgesucht, die es bequemer finden, auf Kosten Anderer zu leben, bald zerstörten Wind und Wetter seine schönsten Garten- und Feldfrüchte, bald wurden ihm von neidischen Nachbarn seine Nüsse abgeschlagen. Kein Wunder, dass Kaspar immer verdrießlicher wurde und die Lust verlor, sich weiter zu plagen, noch dazu, wo doch bei seinen Nachbarn alles aufs Beste gedieh und ihr Wohlstand von Tag zu Tag zunahm. Mehr und mehr vernachlässigte er seine Landwirtschaft, dafür fluchte er umso heftiger. Er betete, fluchte, schwor Gott und den Heiligen alles mögliche, wenn sie ihm nur helfen würden – vergebens. Am Ende suchte er Zuflucht bei Bier und Branntwein, so dass er meistens, wenn er mit seinen Feldfrüchten in die Stadt auf den Markt fuhr, mit schwerem Kopf und leichtem Geldbeutel heimkehrte. Durch diesen Lebenswandel wurde nicht nur sein Körper, sondern auch sein Vermögen so zerrüttet, dass er ein Kapitälchen nach dem anderen aufnehmen musste und wenn ihn die Gläubiger allzu hart bedrängten, mal ein Grundstück, mal ein Stück Hausrat verkaufen musste.

So ging das über etliche Jahre. Wieder war die letzte Nacht des Jahres hereingebrochen. Wie schon so oft war Kaspar bis spät in den Abend in den Schenken geblieben und hatte sich einen tüchtigen Rausch angetrunken. Nun taumelte er den Burgberg hinauf, um durch das Vestnertor heimzugehen. Nicht weit von der Stelle, wo Christus am Ölberg abgebildet ist, setzte er sich auf einen schneebedeckten Steinblock des Ölberges und schlief ein. Doch es war kein erholsamer Schlaf – im Gegenteil: Die Zerrbilder getäuschter Hoffnungen umgaukelten ihn in lebhaften Träumen ,so dass er immer wieder fluchend auffuhr. Als die Glocke vom nahen Sebaldusturm herab die Geisterstunde verkündete, fuhr er abermals auf und murmelte im Halbschlaf zähneklappernd: „Will mich Gott nicht retten, so muss mir der Teufel helfen!" Frierend rieb er sich die Augen und wollte aufstehen, als plötzlich ein Mann in Jägertracht vor ihm auftauchte. Vor Schreck fiel Kaspar auf seinen harten Sitz zurück.

„Ei, Alterchen, was treibst du hier in frostiger Winternacht?" sprach ihn der Fremde an. Kaspar gähnte und fragte: „Wo bin ich, Herr, und was begehrt Ihr von mir?" Darauf antwortete der Jäger zu seinem Schrecken: „Ich hörte im Vorübergehen, dass du Hilfe brauchst, und will sie dir gewähren, wenn es in meinen Kräften steht, aber – du musst mich schon darum bitten." Und so schilderte ihm Kaspar fluchend und schimpfend seine traurige Lage, fiel auf die Knie und rief händeringend: „Ich flehe Euch fußfällig an, helft mir! Helft mir, und wäret Ihr der Leibhaftige selbst! Mir ist es gleich, wenn mir nur geholfen wird. Gott hat mich ohnehin verlassen.!

„Nun gut", antwortete der Jäger, „wenn du mir versprichst, weder deiner Frau noch einem anderen Menschen auch nur eine Silbe zu verraten, so will ich von nun an dein Beschützer sein und dir helfen. Kehre getrost heim und pflücke von dem großen Nussbaum in der linken Ecke deines Gartens so viele Nüsse wie du willst – sie werden sich in Gold verwandeln und dir helfen, nicht nur deine Schulden zu bezahlen, sondern dir auch ein sorgenfreies Leben ermöglichen. Doch wisse: geht nur ein Wort von dieser Geschichte über deine Lippen, so sinkst du in deine frühere Armut zurück, wirst dich in Verzweiflung stürzen und auch im Grabe wirst du keine Ruhe finden. In jeder Silvesternacht wirst du aus der kalten Erde steigen und hier, an dieser Stelle, Nüsse verkaufen. Mehr noch: du wirst Andere mit in den Abgrund des Verderbens ziehen, und deine Seele ist mir verfallen!" Mit diesen Worten verschwand er. Erst jetzt dämmerte Kaspar, dass er dem Bösen in die Hände gefallen war, doch für Reue war es zu spät. Noch immer leicht benebelt ging er mit schlotternden Knien nach Hause. Seine Frau, die ohnehin zu jener Subspezies des weiblichen Geschlechts gehörte, der Zanken und Murren zur zweiten Natur geworden ist, empfing ihn vom Bette heraus mit Zank- und Schimpfreden. Kaspar aber blieb stumm wie ein Fisch und dachte: „Schreie nur, du Zankteufel, so viel du willst. Habe ich erst einmal die goldenen Nüsse, dann wirst du schon anders singen!"

Die Aussicht auf den versprochenen Reichtum erwärmte sein Herz so sehr, dass er sich mit seiner Laterne noch einmal in die Kälte hinauswagte. Skeptisch musterte er den Nussbaum. Waren die Nüsse wirklich aus Gold? Endlich kletterte er zaghaft hinauf und griff mit klammen, zitternden Fingern nach den Früchten.. Als er die erste in den Händen hielt, wagte er kaum zu atmen. Der teuflische Jäger hatte Wort gehalten! Die Nuss bestand aus purem Gold! Rasch füllte er so viele Nüsse wie möglich in seine Tasche, kletterte wieder hinunter und versteckte seinen Schatz in der Scheune. Dann legte auch er sich zur Ruhe. Doch der Gedanke an den unverhofften Reichtum ließ ihn kaum Schlaf finden. Kaum war der neue Tag hereingebrochen, schlich er sich von der Seite seines Ehedrachens zum Geschenk des Höllenjägers und tauschte einen Teil davon in der Stadt gegen bare Münze ein. Dann zahlte er unter etlichen Ausreden seine Schulden und lebte herrlich und in Freuden. Aber dieses Glück war nicht von langer Dauer, denn unser guter Nusskaspar vergaß im Taumel der Ausschweifungen nur allzu bald, was er dem Meister Urian hatte versprechen müssen. In einer traulichen Stunde beichtete er seiner turtelnden Gattin den Hergang der Sache. Als er jedoch am nächsten Morgen sein Geld herbeiholen wollte, da war der Beutel federleicht, und statt der goldenen Nüsse lagen nur wurmstichige Nüsse im Schrank Die Taler aber hatten sich in Kohlenstaub verwandelt!

Kaspar vermochte den Verlust seines Wohlstandes nicht zu verwinden und nahm sich das Leben . Alles war genau so in Erfüllung gegangen, wie es der teuflische Jäger vorausgesagt hatte. Zu jeder Silversternacht musste Kaspar von nun an aus seinem kalten Grab steigen. Dann konnten nächtliche Zecher am Fuße des Nürnberger Ölberges ein kleines Bäuerlein sehen, das unter verzweifeltem Händeringen ächzte: „Kauft Nüsse, kauft Nüsse!"

Viele Jahre waren ins Land gegangen, und wieder brach der letzte Abend des Jahres herein. Da fanden sich im Gasthaus „Zum Burggrafen" einige Bürger beisammen und ließen so manches Maß Weizenbier durch ihre durstigen Kehlen rinnen. Unter ihnen war auch ein redseliger Zinngießermeister, der von allen wegen seines Charakters und seiner Klugheit hoch angesehen war. Als die Rede auf die alte Sage vom Nusskaspar am Ölberg kam, fühlte sich der Meister herausgefordert. „Aberglauben! Heidnische Finsternis!" eiferte er. „Wer wird so albern sein, an Teufel und Geister zu glauben?"

„Was redet Ihr, Nachbar?" fuhr ihm ein belesener Zirkelschmied in die Rede. „Habt Ihr denn nicht gelesen, dass Doktor Martin Luther dem Teufel das Tintenfass nachgeworfen hat? Wisst Ihr nicht, dass der Satan selbst Jesus in Versuchung führte?" – „Das ist etwas Anderes", unterbrach ihn der Zinngießer und wollte seine Rede fortsetzen, doch da schlug es zwölf. Unwillig schlug er auf den Tisch und schrie: „Damit Ihr seht, dass an der Sache nichts ist, und ich jeden für einen Narren halte, der solche unsinnigen Dinge glaubt, so wollen wir uns an Ort und Stelle überzeugen! Ich wette mein Hab und Gut, dass ich Euch auslachen werde!"

Hierauf nahm er seine Pelzmütze und eilte zur Tür; von den Übrigen aber machte keiner Anstalten, ihn zu begleiten. Missmutig stapfte der Zinngießer hinaus in die stockfinstere Nacht. Nur der Schnee schimmerte im schwachen Licht, das aus den Häusern leuchtete. Da schien es ihm wirklich, als ob in der Nähe des Ölbergs eine menschliche Gestalt stehen würde. Er fröstelte zwar etwas, aber die Vorstellung, von den Freunden ausgelacht zu werden, wenn er unverrichteter Dinge zurückkäme, ließ ihn alle Bedenken vergessen. Mutig schritt er dem Ölberg zu und rief mit lauter Stimme: „Wer da?"

Kein Antwort! Plötzlich jedoch stand ein kleines, unheimliches Wesen ganz nahe vor ihm, stierte ihn mit Grabesaugen an und deutete mit dem Zeigefinger der rechten Hand in die vor ihm stehende Kätze. Unser Held war wie erstarrt und kreischte mit kaum verständlichen Lauten: „Alle guten Geister loben Gott den Herrn!" Fast besinnungslos griff er in die Kätze, nahm, was er mit den Fingern fassen konnte, und brach ohnmächtig zusammen.

Als er wieder erwachte und sich umblickte, war niemand zu sehen. Er fasste wieder Mut, schüttelte über sein schreckhaftes Verhalten den Kopf und wollte eben beschämt aufstehen, als sein Blick zu Boden fiel. Dort funkelte ihm glänzendes Gold entgegen! Rasch raffte er es zusammen und schritt langsam auf das Gasthaus zu. Dort begrüßte man ihn, als sei er von den Toten auferstanden und war begierig, seine Erzählung zu hören. Freudig legte der Meister die goldenen Nüsse auf den Tisch. Mit einem Schlag herrschte Totenstille. Mit heimlichem Grauen sahen die Versammelten die glänzenden Beweise für den Wahrheitsgehalt der Sage vor sich. Einzig der Zinngießer war vor Freude wie von Sinnen. Trunken vom Bier und vor Freude taumelte er auf sein Nachtlager. Allein, der Schlaf wollte sich weder in dieser noch in so manch folgender Nacht einstellen; zu sehr quälte ihn die Frage, wie er den unheilvollen Mammon erhalten und vermehren könne. Mit dem Glück war zugleich das Unglück in seine vier Pfähle eingezogen, denn aus dem zufriedenen Meister, dem die Arbeit sonst unter lustigem Gesang munter von der Hand ging, wurde ein griesgrämiger Sauertopf, den sein Geschäft anekelte und der sich über die Mücke an der Wand ärgerte. Durch unkluge Unternehmungen verlor er so manches schöne Kapitälchen, und nach einigen Jahren bewahrheitete sich das alte Sprichwort: Wie gewonnen, so zerronnen! – Als er vollkommen verarmt war, nahm er sich den Strick.

Das Wilde Heer am Spilberg bei Randersacker

Im Saal des schönen Spilberger Schlosses sitzen die Geister oft um den Tisch. Einst hörte der Mainschiffer vom jenseitigen Ufer herüber ein Brausen und winselnd. Da er glaubte, jemand wolle übersetzen, fuhr er hinüber und fand sich dem Wilden Jäger und seinen Geistern gegenüber. Die unheimliche Schar bestieg die Fähre und ließ sich übersetzen. Als der Fährmann mit seinen Passagieren das andere Ufer erreicht hatte, fragte man ihn nach dem Fahrlohn, doch er konnte vor Angst kein Wort herausbringen. Da warf der Wilde Jäger Feuer in die Fähre, dass die Kohlen nur so auf dem Boden rollten. Einer aus dem Wilden Heer aber konnte nicht folgen und rief: „Wär ich gegürtet und geschürzt, könnt' ich auch mit." Das hörte ein Mann am Ufer und gab ihm einen Strohgürtel. Da konnte der Geist den anderen folgen.

Das Wilde Heer bei Würzburg

Es is a mol vol Alters a Heckawerth von Wörzborg nach Ransacker (Randersacker) mit an Wegela g'fahrn und hat sich Wei g'holt droba bei en Häcker. Wi er nach Wörzborg hem g'fahrn is mit sein Wegela, wars scho speat in der Nacht, weil er droba so lang gebraucht hat, bis er mit'n Weiversucha ferti worn is. Wi er di Hälft von Weg von Ransacker nach Wörzborg gemacht hat, hat er auf emol so a args Gschrei ghört, daß ihn sei Ohrn g'summt ham. Und es Gschrei is imemr neher kumma, und war es wilda Heer. Wi's ganz nah war, is er mit sein Wegela steha geblieba und is vor lauter Forcht unta nunter gekrocha und ha si auf'n Boda hingelegt. Wi's wilda Heer ans Wegela hikumma war, ham sie all aus sein Fäßla von sein Wei getrunka. Wie sie all getrunka g'hatt ham, hat der Heckawerth gedocht (gedacht), in sein Fäßla kennt' ke Trepfla Wei mehr sei. Wi er nun hem (heim) kumma is, hat er sei Fäßla nunter'n Keller gelegt, und der Wei in den Fäßla war so guat, daß sei Gest all lauter solche Wei verlangt ham. Aber es Fäßla is nit leer worn, immer fort is no Wei rausgeloffa. Endli is der Heckawerth übermithi worn und hat si bei seine Gest gros mit gemacht, daß sei Fäßla nemmer leer wäret, und hat die Gschichta mit'n wilda Heer derzehlt, wi si ihn passirt war. Und wi er wider nunter'n Keller ganga is, is sei Fäßla auf e mol ganz leer gewesa. Der Heckawerth hat's jetzt oft bereit, daß er nit sei Maul g'halta hat, aber es hat ihn nix mehr g'holfa.

Das wütende Heer bei Würzburg

A alte Häckersfrau hat mer a G'schichtla von ihrn Vater derzelt. Der is a mol an en Nachmittag naus sein Weingert (Weinberg) ganga. Doa hat er an Weg a großa, graua Katz sitza g'seha, und dia hat a prächtigs Kreasla (Krause) von theiera Brabanter Spitza an ihrn Hals o g'hat. Wie die Katz auf ein zuakumma is und hat en g'schmeichelt, hat er zu era g'sagt: „Kätzla, du hast ja a schens Kreasla o." –

Auf e mol hat die Katz ihre Auga so feieri gerollt, is aufg'schwolla und fort gega die Waldkugel zua higebraust. Und glei dernach is so a arger Storm kumma und so a args Dunnerwetter, daß mer gement hat, der jingsta Tag brechet o. Des war es withenda Heer, denn in zeha (zehn) Minuta war wieder es schensta Wetter.

Frau Hulle in Würzburg

Noch Mitte des 19. Jahrhunderts erzählten sich die alten Leute in Würzburg Geschichten über Frau Hulle, die in der Weihnachtsnacht durch die Straßen wandelte. Sie trug eine weite Haube auf dem Kopf, hüllte sich in einen schneeweißen Mantel und hielt eine Rute in der Hand. So schlich sie vor den Türen der Häuser herum. Dort aber, wo ungezogene Kinder wohnten, ging sie hinein und nahm die bösen Kinder in ihrem Sack mit sich fort. Die Alten wollten sogar wissen, dass sie die Kinder dem Teufel brachte. In Erinnerung an die sagenhafte Frau Hulle zogen noch lange vermummte Gestalten in jeder Weihnachtsnacht von Haus zu Haus, um die Kinder zu erschrecken. Man nannte sie Hullefrau oder Hullepotz.

Der frevelnde Bäcker zu Zell

In der heilige Christnacht derfa die Becka (Bäcker) nix back. Do is e mol vor Alters in Zell a Beckaborsch gewest. Den hat der Teifel eigeblosa g'hatt, wenn er in der Christnacht Broad backet, wäret er en großa Schatz fina. Der Borsch is Nachts aufg'stanna, und wie er runter nei die Backstuba kumma is, hat er g'sehna, daß sei Herr es Mehl in sein Kaste eig'schlossa g'hatt hatt. Wie er des g'sehna hat, is er glei zorni worn und hat g'flicht: „Jetzt sell aber der Teifel a neischlag!" Jetzt is er vor die Thier von sein Herrn ganga, hat geklopft und hat neigeruffa: „Meister, ihr hat es Mehl eig'schlossa, und i will doch mischa geha." – „Heit werd ja nix gebacka", ruft ihn der Herr zua. Über e Weil kummt der Borsch wieder geloffa, klopft an sein Herrn sei Stubatier und ruft: „Meister, ihr hat ja es Mehl eig'schlossa, und i will doch mischa geha." – „Heit werd ja nix gebacka", ruft der zorni. – Über e Weil kummt der Borsch zum dritta Mal geloffa, klopft an sein Herrn sei Stubatier und ruft noch a mol: „Meister, ihr hat ja's Mehl eig'schlossa und i muß doch mischa geha." – Zorni ruft jetzt der Meister aus: „So geha in drei Teifels Nama und misch; da hast e di Schlissel, we mer vor dir doch gar ke Ruh hat." – Der Borsch hat die Schlissel zun Mehlkasta genumma und is fortganga. E Weil drauf hat mer in der Backstuba semmern (jammern) g'hert; doa hat der Teifel en Beckaborsch neigemischt, und wie mer frau an Backofa hikumma is, warn Fetza von seina Kleider und a paar Knocha dortgelega; denn es hat der Teifel in der heilige Christnacht über die Frevler Gewalt.

Das feurige Männlein bei Zell

In Zell ham e mol in der Adventszeit in era Stuba an Mee (Main) zwee Buba Abens g'spielt. Auf e mol ham sie es Fenster aufgemachtu nd ham nausgeguckt, und do is iber'n Mee drieba auf der Wiesa a feirigs Männla rumg'hopft. Die Buba ham jetzt g'schria: Hänsla, ge ri, Stitzescheißer, Neibeißer! Do is auf e mol es feierige Männle über'n Mee rieber kumma. WI das di Buba g'sehna ham, ham sie g'schiwnd ihr Fenster zueg'schmissa und ham sie gar arg g'fercht. Auf e mol is es feierige Männle zu'n Fenster reig'hopft, hat es Licht ausgeblosa und hat die zwee Buba so arg abgedruckt, daß sie alle zwee a paar Wucha krank gelga sen. Von dera Zeit o hat in Zell ke Mensch mehr en feierige Männle ruaff mög'.

Die Wilde Jagd in Hel bei Weiden

Bei Weiden in der Oberpfalz gibt es ein kleines Dorf mit dem merkwürdigen Namen Hel oder Höl. Der Kirchsteig vom Zollhaus nach Hel heißt denn auch passend der „Helweg". Unweit des Dorfes aber lag das „alte Schloss". Dort, so sagten die Leute, hause die Wilde Jagd.

Der Wilde Jäger und die Waldleute

Dort, wo heute Kalksreuth steht, erstreckte sich in alten Zeiten ein Wald, in dem ein Waldmännlein und ein Waldweiblein wohnten. Als die Menschen in diese Gegend kamen, freundeten sie sich mit ihnen an. Nachts kamen sie in die Häuser der guten Menschen, verrichteten die Hausarbeit und waren zufrieden, wenn ihnen die Bewohner ein wenig Speise übrig ließen. Am liebsten aber kamen sie zur Kalksreuther Mühle: das Männlein arbeitete in der Mühe, das Weiblein im Stall. Die Müllerin dankte ihnen die Mühe mit Speise, die sie allabendlich für die fleißigen Helfer hinstellte. Des Morgens, wenn sie erwachte, war das Haus in bester Ordnung. Die Mühle blühte und gedieh. Als der Winter nahte, wollte die dankbare Müllerin den beiden eine Freude machen und legte ihnen Kleider hin, denn sie waren nackt. Sie wusste nicht, dass die Waldleute keine neuen Kleider tragen können. Waldmännlein und Waldweiblein weinten sehr, denn nun mussten sie die Mühle verlassen.

Lange Zeit hörte man nichts mehr von ihnen, bis sie endlich in Breitenstein wieder auftauchten. Im dortigen Schloss lebte eine fromme Magd, für die sie arbeiteten und die ihnen dafür von den übrig gebliebenen Speisen etwas hinstellte. Kein Wunder, dass der Magd alle Arbeit glückte. Ihre neidischen Kolleginnen wetzten sich die Mäuler und schwärzten sie bei der Herrschaft an. Die ließen was Männlein fangen und einsperren. Klagend lieb das Weiblein nachts um das Schloss herum und flehte, man möge ihr Männlein freilassen. Sie wolle dem Schlossherrn dafür auch guten Schlehenstein geben. Doch der hartherzige Herr hatte kein Erbarmen und ließ das Männlein verhungern. Das Weiblein aber umkreiste den Breitenstein und sprach voller Trauer und Zorn: „Weil du mein Männlein hast verhungern lassen, so geb' ich dir keinen Schlehenstein. Deine Nachkommen werden bald aussterben und von deiner Burg wird kein Stein auf dem andern bleiben." Und so geschah es. Längst sind die einst stolzen Mauern verfallen, doch noch heute wachsen keine Schlehen auf dem Gelände der ehemals mächtigen Burg.

Auf dem Schloss lebte damals auch ein Tagelöhner, der sich sein Brot mit Holzfällen verdiente. Ihn bat das Waldweiblein, er möge jedesmal, wenn er einen Baum fälle, drei Kreuze in den Stumpf hauen. In dem Wald nämlich pflegte der Wilde Jäger, der schlimmste Feind der Waldleute, zu jagen, und nur auf Baumstümpfen, in die drei Kreuze eingeschlagen waren, konnten sie sicher vor seiner Wut sein.

Das Waldweiblein bat den Tagelöhner auch, seine Frau möge ihr einen kleinen, dicken Kuchen backen. Der gute Mann erfüllte ihr diese Bitte gern und brachte ihr am nächsten Tag den Kuchen. Das Weiblein höhlte den Kuchen aus und füllte ihn mit Sägespänen. Dann gab es den Kuchen zurück und wünschte dem verblüfften Mann Glück. Danach verschwand sie und ward nie mehr gesehen. Nur von Ferne hört man noch heute ihr Wehklagen.

Der Tagelöhner aber war zutiefst enttäuscht, hatte er sich doch ein paar Groschen als Belohnung erhofft. Verdrossen warf er den Kuchen zu Hause auf den Tisch. Da klirrte es, und der gute Mann kam aus dem Staunen nicht heraus, denn die Sägespäne hatten sich in drei Goldtaler verwandelt. Das dankbare Waldweiblein hatte ihm Glück gebracht.

Vor langer Zeit lebte auch bei Pfaffenreuth in der Nähe von Wunsiedel ein Moosweiblein. Die Einwohner der umliegenden Dörfer wussten, dass der Wilde Jäger den Waldleuten nach dem Leben trachteten und schlugen daher in den Stumpf jedes gefällten Baumes drei Kreuze. Auf den so gekennzeichneten Stöcken konnte das Moosweiblein ausruhen, und der Wilde Jäger hatte keine Macht, es zu verletzen.

Besonders grausam trieb es der Wilde Jäger, wenn ihn ein unbesonnener Mensch mit dem Ruf: „Gib mir auch etwas!" herausforderte. Dies gab ihm besondere Macht über die Moosweiblein und Männlein. Erbarmungslos spürte er sie auf – nur, um dem vorwitzigen Rufer ein Viertel Mosweiblein an die Tür zu hängen. Diese Erfahrung musste auch ein Bauer im oberfränkischen Ahorntal machen, als er betrunken nach Hause torkelte. Da brauste die Wilde Jagd heran. Der alkoholbenebelte Mann hatte nichts besseres zu tun, als zu rufen: „Hui, Teufel, jag' mir meinen Teil auch mit!" Und prompt geschah es. Als er nach Hause kam, hing an seiner Haustür ein halbes Holzfräulein.
Bei Königstein in der Oberpfalz jagte einst das Wilde Heer über eine Pferchhütte und weckte mit seinem Lärm den schlafenden Schäfer. „Hast' gehört du, bring mir mein Teil auch mit!" rief er in spöttisch in die dunkle Nacht und drehte sich auf die andere Seite. Lange konnte er jedoch nicht schlafen, denn schon nach kurzer Zeit brauste der Wilde Jäger erneut heran und warf den Schenkel eines Waldweibleins herab. Dazu erscholl eine

fürchterliche Stimme: „Hast gehört du, da hast dein Teil!" Im nächsten Jahr aber nahm er den Schäfer mit sich fort, denn seit jener schicksalhaften Nacht hatte er die Macht über ihn gewonnen.

Glück im Unglück hatte eine Frau im unterfränkischen Pferdsfeld, die den Jäger mit dem Ruf „Gib' mir auch etwas!" herausforderte. Am nächsten Morgen hing eine tote Frau am Hausgiebel, und alle Versuche, die Leiche wegzuschaffen, waren vergebens. Erst ein Jahr später, als das Wilde Heer wieder vorbeizog, konnte sich die Unglückliche mit dem Ruf: „Nimm, was du gelassen hast!" von dem unwillkommenen Geschenk befreien.

Schwanthaler, einer jener unermüdlichen Gelehrten, die ,vor mehr als 200 Jahren die Sagen der Bayerischen und Fränkischen Lande zusammentrugen, berichtet, dass auch in seiner Bamberger Heimat die Leute immer dann, wenn sie eine Fichte oder eine Kiefer fällten, im Augenblick des Fällens drei Kreuze auf den Stock machten. Zunächst konnte er sich keinen Reim auf diesen merkwürdigen Brauch machen. Auf seine Fragen antwortete man ihm, dass jeder Stock, in den man ihm Augenblick des Fallens drei Kreuze schlüge, durch diesen Akt geheiligt werde. Wenn dann zu mitternächtlicher Stunde das Wilde Heer heulend und tobend durch die Wälder ziehe, könnten sich die ruhelosen Seelen erschlagener oder verunglückter Leute, Waldweiblein und Waldmännlein auf diese Plätze flüchten. Die kleinen Waldleute würden sich dafür bedanken, indem sie die Bäume gut fallen ließen und sie auch zu nächtlicher Stunde sicher aus dem Forst führten.

Der dreibeinige Hase von Voitmannsdorf

Bei Voitmannsdorf in Oberfranken liegt ein Wald, den man früher das Ungetreuehäse nannte. Als der Bote von Bamberg wieder einmal an das Untreuehäse kam, hörte er das Wütende Heer. Wie es das Schicksal wollte, kam ein Hase auf ihn zugelaufen. Der Mann zögerte nicht lange, fing das humpelnde Tier und trug es mit sich fort. Das Wasser lief ihm im Mudne zusammen, wenn er an den leckeren Braten dachte. Als er jedoch an den Kreuzweg kam, hörte er wie aus dem Nichts eine mächtige Stimme rufen: „Wo ist denn der einäuget Häse?" Dem Boten stellten sich die Nackenhaare auf. Schaudernd betrachte er das Tier und tatsächlich hatte der Hase nur ein Auge. Voller Furcht warf er das Tier weg. Da erscholl die Stimme aus dem Ungetreuehäse wieder: „Häst' du mich nur über den Kreuzweg hinübergetragen, ich hätte dir den Hals gebrochen". Fortan war dem Boten der Appetit auf Hasenbraten vergangen.

Wie gewonnen, so zerronnen

Nahe beim oberfränkischen Horschdorf begegnete ein Mann dem Wilden Jäger und seiner Hundeschar. Es waren kleine, hübsche Hündchen, wie man sie für die Jagd häufig gebrauchte. Bei so vielen Hunden wird es nicht auffallen, wenn eines fehlt, dachte sich der Mann und – husch! - hatte er ein kleines Hündchen gepackt und in die Tasche gesteckt. Zu Hause wollte er seiner Frau das niedliche Tierchen zeigen, doch anstelle eines Hundes fand er nur einen Holzscheit in seiner Tasche.

Über den Wilden Jäger spottet man nicht

Unweit von Eschenfelden in der Oberpfalz liegt der Osingen. Auch dort trieb zuweilen das Wilde Heer sein Unwesen. Einst hörte ein Mann das Heulen und Brausen und spottete: „Halo! Halo Halo!" Da brauste auch schon der Wilde Jäger mit seinem Heer heran. Der Mann fiel aufs Gesicht, und das war sein Glück, denn schon raste die Wilde Jagd über ihn hinweg. Gut bekommen ist ihm die Begegnung freiwillig nicht. Am Morgen fand man ihn krank am Wege.

Die Wilde Jagd feiert

Auch in Herzogenaurach fühlte sich der Wilde Jäger offenbar recht heimisch. Im dortigen Zigeunergäßchen soll eine Eiche gestanden haben, daneben ein steinerner Ritter mit Schwert und Schild. Noch vor 200 Jahren sollen sich dort des Nachts die Geister versammelt und gefeiert haben. Da wurde Feuer gemacht, gesotten und gebraten, getrommelt und gefeiert, ganz wie in einem richtigen Feldlager. Der Herr der unheimlichen Schar, die von dort mit Brausen und Heulen aufbrach, war der Wilde Jäger.

Die Wunder der Zwölften

In früheren Zeiten waren die Menschen fest davon überzeugt, dass man in bestimmten Nächten viele Geheimnisse erfahren und die Zukunft ergründen könne. Auch konnte man die Dämonen beschwören und Geld oder Schätze von ihnen fordern. Die beste Zeit dazu war die Zeit der zwölf Nächte, und hier vor allem der Christabend und die Silvesternacht. Ungefährlich war das freilich nicht, denn man musste hinaus in die dunkle Nacht und während der Messe auf einen Kreuzweg gehen. Dort musste man mit Salz oder weißer Kreide einen Kreis ziehen, und sich hineinstellen, denn nur innerhalb des Kreises hatte das Böse keine Macht über die Wagemutigen. Mit allerlei Spuk versuchten die Dämonen, ihre Herausforderer zum Verlassen des Kreises zu bringen. Wehe dem, der nicht standhaft blieb! Ihm drehte der Böse den Hals um. In jener besonderen Nacht konnte man durch allerlei Zeichen auch die Zukunft ergründen. Zog eine rote Wolke über einem Haus, wo galt als gewiss, dass das Haus im kommenden Jahr abbrennen würde. War die Wolke hingegen schwarz, so würde jemand sterben.

Von Farnsamen und Hecketalern

In Plankstetten (Oberpfalz) gingen die Leute früher in der Christnacht auf den Kreuzweg. Man geht in den „farnsamen", hieß es. Dort konnte man sich alles wünschen, und der Teufel musste es bringen. Manch Jäger wünschte sich da den Freischuss, mit dem nie ein Schuss daneben geht, andere den Wechseltaler. Letzteren hätten die meisten von uns vermutlich auch gerne im Portemonnaie denn solch einen Wechseltaler konnte man ausgeben, so oft man wollte – er kehrte stets wieder in die Tasche zurück. Allerdings durfte man ihn nicht länger als ein Jahr behalten. Dann musste man das teuflische Stück wieder in den

Kreis legen, und der Teufel musste ihn wieder mitnehmen. Was der Höllenfürst davon hatte? Nun, ganz einfach: Starb der Besitzer des Wechseltalers vor Ablauf des Jahres, konnte sich die Hölle über Zuwachs freuen.

Die Ritter des Ebersberges (bei Poppenhausen)

An einer Abdachung des Ebersberges ist ein kleiner Moorfleck. Aus diesen kommen – vor allem zur Adventszeit und in den 12 Nächten – große, gespenstische Feuermänner mit Wehr und Waffen, die so heftig miteinander kämpfen, dass man in den nahen Höfen am Fuße des Berges deutlich das Schwertgeklirr vernimmt. Dieser Kampf dauert vom Einbruch der Dunkelheit bis tief in die Nacht hinein, ja oftmals bis zur Morgendämmerung und zum ersten Hahnenschrei. Gewöhnlich ziehen sich die streitenden Flammengestalten allmählich bis zur Ruine Ebersberg und den zerfallenen Türmen hinauf, wo sie endlich, immer heftiger fechtend, mit fürchterlichem Geprassel in dem offenstehenden Turm verschwinden. Es heißt, dass es die noch unerlösten Geister der in wilden Kämpfen um die Burg erschlagenen Ritter seien.

Sagen aus Böhmen, Mähren und Österreich

Die himmlischen Soldaten bei Hohenmaut

Wandert man eine Viertel Stunde von Hohenmaut nach Osten, findet man dort ein liebliches Wäldchen namens Drabi. Darin liegt ein Tal, in dem zur Mitternachtsstunde des Weihnachtsabends die „himmlischen Soldaten" erscheinen sollen. Wer dabei an Engel denkt, irrt sich: Diese himmlischen Soldaten sind glühende Gestalten und tanzen zu ohrenbetäubender Trompetenmusik. Nach wenigen Minuten verschwindet der Spuk so plötzlich, wie er gekommen ist.

Die himmlischen Krieger bei Auscha

Wenn in der Weihnachtsnacht die zwölfte Stunde schlägt, erscheinen im Wilden Tal bei Auscha die himmlischen Krieger. Sie essen, trinken, singen und spielen, bis der erste Strahl der Sonne den Himmel rötlich färbt. Manchmal kämpfen sie auch miteinander, aber nach dem Mahl sind ihre Wunden wieder verheilt. Wer sie dabei beobachtet, tut gut daran, sich ruhig zu verhalten und sie nicht zu stören. Schon gar nicht sollte er es wagen, sie zu verspotten und zu beschimpfen. Der Unglückselige wird im ganzen folgenden Jahr Pech haben.

Frau Holle und die Spinnerinnen

Im Egerland weiß Jedermann, dass man in der Nacht des Heiligen Thomas nicht spinnen darf, denn diese Nacht ist der Frau Holle geweiht. Ein junges Mädchen aber dachte nicht daran und ging wie jeden Abend mit ihrer Spindel in die Rockenstube. Sie wunderte sich zwar, dass niemand sonst dort war, aber sie dachte, die anderen würden schon noch kommen und setzte sich an ihr Spinnrad. Um 9 Uhr öffnete sich auch tatsächlich die Tür, doch anstelle der ersehnten Gefährten trat Frau Holle mit ihrem Gefolge in die Stube. Sie war klein und hässlich, und ihre Begleiter standen ihr an Hässlichkeit nicht nach. Frau Holle musterte das Mädchen finster und sprach mit furchtbarer Stimme: „Du hast am Thomasabend gesponnen!" Ehe sich das erschrockene Mädchen besinnen konnte, gab sie ihren Begleitern ein Zeichen. Die peitschten die Magd so lange, bis sie ohnmächtig zu Boden sank.

In der Gegend von Budweis erzählten die Leute von einem alten Mütterchen, das am Weihnachtsabend mit einem Brennesselbündel von Haus zu Haus geht und überall fragt, ob die Mägde den Flachs schon abgesponnen hätten. Erhält sie eine bejaende Antwort, so lässt sie eine Brennessel zurück, und das Haus ist für das ganze Jahr vor Unglück bewahrt. Die faulen Mägde aber werden von dem überraschend kräftigen Mütterchen mit den Nesseln tüchtig durchgebläut.

Der Wilde Jäger Banadietrich

Im böhmischen Warnsdorf lebte einst ein Ritter namens Banadietrich. Der war so from und tugendhaft, dass ihm ein Engel Speisen brachte und die Strahlen der Sonne ihm einen Mantel zutrugen. Mit aller Macht versuchte der Teufel, ihn vom Weg des Guten abzubringen – vergebens. Endlich aber ersann er eine wahrhaft teuflische List. Es war eben ein großer Feiertag, und Banadietrich betete in er Kirche. Da nahm der Böse die Gestalt eines alten, hässlichen Mannes an und setzte sich, eine Bockshaut in den Krallen, vor die Kirchentür, denn der Teufel kann bekanntlich die Schwelle eines solch heiligen Ortes nicht überschreiten. Während der Priester das Abendmahl zelebrierte und alles mucksmäuschenstill war, biss der Teufel in seine Bockshaut, zerrte daran, ließ sie plötzlich fahren und schlug mit dem Kopf gewaltig gegen die Kirchentür. Dadurch entstand ein großer Lärm. Banadietrich wandte sich entrüstet um und wollte sehen, wer diese heilige Handlung auf solche Art zu stören wagte. Da erblickte er den alten, der gerade wieder die Bockshaut aus dem Munde riss und den Kopf mit voller Wucht gegen die Tür schleuderte. Die ganze Szene war so komisch, dass Banadietrich nicht anders konnte: Er prustete los und beginn aus vollem Halse zu lachen. Zu seinem Unglück verstand die Kirche in dieser Hinsicht damals leider gar keinen Spaß. Banadietrich hatte mit seinem Gelächter die Andacht gestört und durch sein "böses" Beispiel auch andere zum Lachen verführt. Damit hatte er das Missfallen des Priesters und vielleicht auch das Missfallen Gottes auf sich geladen. Sei es wie es sei: Als er die Kirche verließ, blies der Wind seinen Mantel fort. Zu Hause angekommen, wartete Banadietrich vergeblich auf den Engel, der ihm sonst täglich das Essen brachte. Die Saat des Zweifels war gelegt. Mehr und mehr wendete sich der Ritter von Gott ab und bald bemächtigte sich tiefer, finsterer Grimm seiner Seele. Er konnte nicht begreifen, warum Gott ihn wegen eines solch kleinen Fehlers derart hart bestrafte und ihm seine Gnade entzog. Und überhaupt: War denn Lachen überhaupt ein solch schlimmes Verbrechen? Seine Verbitterung wuchs so sehr, dass er beschloss, die größte Sünde zu begehen. Nur -- was war die größte Sünde? Banadietrich wusste es nicht, und so ging er zu einem Einsiedler. Dieser antwortete ihm: Wer Brot in die Schuhe legt und diese dann anzieht, tritt die edle Gottesgabe mit den Füßen und verübt die größte Sünde. Banadietrich zögerte nicht lange und tat genau dies. Von nun an war er wie umgewandelt. Er betete nicht mehr, besuchte keine Kirche, teilte keine Almosen mehr aus, kurz, er hörte auf, ein tugendhafter Mensch zu sein. Statt der heiligen Messe beizuwohnen, trieb er sich in Wäldern und Einöden umher, und schon nach kurzer Zeit ging er dem Jagdvergnügen mit solcher Leidenschaft nach, dass er oft tagelang ausblieb.

An einem schönen Sonntag, als in der Ferne die Glocken zur Kirche riefen, flog er wie ein Sturmwind auf seinem feurigen Ross durch die Wildnis. Da rief eine gewaltige Stimme vom Himmel herab: „Banadietrich, Banadietrich! Wie lange willst du noch jagen?" Der Ritter erzitterte und rief: „So lange als Gott will!"

Es war sein Glück, dass er so antwortete, denn hätte er frech geantwortet, so wäre er auf schnurgeradem Wege der Hölle zugeritten. Jetzt aber erwiderte die Stimme von oben: „Nun, so sollst du jagen bis zum Jüngsten Tage!" Und so jagt der Wilde Jäger noch heute. Wer zur Neumondszeit den Wald durchstreift, hört plötzlich oft in seiner Nähe Hundegebell und den Hufschlag eines Rosses. Er vernimmt den Ton des Hifthornes und den Ruf des Jägers; aber das Auge vermag nichts in der undurchdringlichen Finsternis erspähen. Der Wanderer ist gut beraten, sich auf den Boden zu werfen und das Gesicht ins Gras zu drücken, damit die Wilde Jagd über ihn hinwegbrausen kann.

Der Nachtjäger

Bei Schluckenau an der böhmisch-sächsischen Grenze treibt der Nachtjäger sein Unwesen. Die Leute sagen, dass er um Mitternacht auf einem kopflosen, feurigen Bock vom Taubenberg hinüber zum Guttelsberg reitet. Dabei pfeift er nach seinen beiden vor ihm laufenden Hunden. Wer aber war diese verdammte Seele? Darüber wissen die Leute folgendes zu berichten:
Vor langer Zeit wohnte am Fuße des Taubenberges ein Jäger, der alles andere als fromm war. Überall im Lande herrschte die schlimmste Hungersnot – er aber gab seinen Hunden die köstlichsten Speisen zu fressen. Als am heiligen Abend die Armen mit der Bitte um ein Almosen zu ihm kamen, ließ er sie mit Peitschen zum Hof hinausjagen. Am heiligen Weihnachtstag, der doch ein Tag der Ruhe und des Friedens sein soll, veranstaltete er eine große Jagd und ließ seinen Hunden, damit sie ihre Pfoten nicht verletzten, Brotrinden an die Füße binden. Für diese frevelhafte Entheiligung der kostbaren Gottesgabe und die Nichtachtung des Feiertages muss er nun im Dunkel der Nacht bis zum Jüngsten Tage herumjagen.

Der Wilde Jäger

Vor langen Zeiten war der Wilde Jäger in den Weiten Mittel- und Ostmitteleuropas zu Hause. Oder sollten wir besser sagen: *die* Wilden Jäger? Der würdigste und mächtigste unter ihnen war gewiss Odin. Mit den Seinen zog er in der dunkelsten Zeit des Jahres über das Land, so wie seit Urzeiten schon. Die meisten Wilden Jäger freilich waren weitaus jünger, und sie waren auch keine Götter. Manche glaubten, es seien höllische Dämonen, ja der Wilde Jäger sei gar der Teufel selbst, und vielleicht trat er zuweilen tatsächlich in dieser Gestalt in Erscheinung. Die meisten Wilden Jäger aber waren Frevler, dazu verdammt, auf ewig durch die Nächte zu jagen. Anders als Odin mit seinem Heer machten sie auch außerhalb der Rauhnächte die Wälder und Fluren unsicher. Einer von ihnen soll einst die Gegend von Neubistritz in Böhmen unsicher gemacht haben. Wenn die Leute im Herbst noch spätabends den Flachs in die Teiche legten, erhob sich im nahegelegenen Wald ein furchtbares Brausen. Die Bäume krachten, Hunde bellten und überall tönten Jagdrufe. Dann sputeten sich die Leute, nach Hause zu kommen, denn wenn die Wilde Jagd losbrach, konnte man sich im Toben des Sturms nicht mehr von der Stelle bewegen. Und wagte es jemand gar, den Jagdrufe „Haho!" in die Nacht zu rufen, so schleuderte ihm der Wilde Jäger eine stinkende Pferdekeule ins Fenster, die man nicht mehr los wurde. So oft man sie auch fortwarf, stets kehrte sie wieder zurück. Es gab nur ein Mittel, das unwillkommene Geschenk des Jägers loszuwerden: Man musste das stinkende Fleisch kochen, unter der Dachtraufe vergraben und auf Regen hoffen, denn sobald die ersten Regentropfen darauf fielen, verschwand sie.

Förster Grünwald aus Studena behauptete gar, die Wilde Jagd sei über ihn hinweggezogen . Er habe sich jedoch nicht auf den Boden geworfen, sondern nach oben geschossen. Erwartungsgemäß gab es einen großen Knall, dann klatschte etwas vor seine Füße. Es war eine große, verwundete Eule.

In Schönlinde trieb ein Wilder Jäger namens Banditterich oder Berndietrich mit hölzernen (!) Hunden sein Unwesen. Um Braunau herum war der Waldjäger mit vier feurigen Hunden zu Hause. Vor ihm liefen glühende Hühner, die geradewegs aus der Hölle kommen sollten. Warum die höllischen Geister sich ausgerechnet für die Gestalt des gackernden Federviehs ausgesucht haben sollten, wusste indes niemand so recht.

Im Riesengebirge glaubte man gar, die Wilde Jagd bestünde aus den Seelen preußischer Soldaten, die mit dem Alten Fritz dort eingefallen waren. Einmal pro Jahr sollen sie sich aus ihren Gräbern erheben, um durch die Lüfte nach Preußen zu ziehen. Sie finden jedoch nicht den Weg aus Böhmen hinaus, und das macht sie wütend. Unter fürchterlichem Geschrei kehren sie wieder um und töten jeden, der das Pech hat, ihnen zu begegnen und sich nicht auf den Boden wirft.

Die Wilde Jagd bei Schwarzkosteletz

Der Wilde Jäger von Schwarzkosteletz hingegen zieht nur in den Weihnachtstagen zu mitternächtlicher Stunde umher und ist fair genug, sein Kommen anzukündigen. Vor ihm geht nämlich ein Greis, der die Leute vor der Gefahr warnt. Hinter ihm reitet eine Frau auf einem weißen Pferd. Ihr zur Rechten aber reitet der Wilde Jäger auf seinem feurigen Rappen. Hinter ihnen folgt die Jagdgesellschaft mitsamt der Hundemeute. Ein Bauer, der bei Mitternacht aus der Stadt nach Hause ging, hörte plötzlich Jagdgeschrei hinter sich. Als er sich umdrehte, erblickte er einen Greis, der ihn warnte. Der Bauer warf sich mit dem Gesicht auf die Erde und der Zug zog vorbei, ohne ihm zu schaden. Ein anders Mal ging ein Handwerksbursche in der Nacht durch einen Wald, als er plötzlich Hundegebell und ein ungewöhnliches Rauschen vernahm. Auch er warf sich mit dem Gesicht zur Erde, doch als der Zug über ihn hinwegzog, blickte er neugierig auf. Niemand weiß, was er sah, nur eines ist gewiss: Das Gesehene raubte ihm den Verstand.

Das Kreuzchen

Im Domoslitzer Wald bei Jungbunzlau soll einst zu mitternächtlicher Stunde ein furchtbares Getöse entstanden sein. Ein Bursche konnte seine Neugier nicht bezähmen und marschierte los, ohne auf die Warnungen seiner Leute zu hören. Im Wald angekommen, versteckte er sich hinter einem Busch und wartete ab. Um Mitternacht erhob sich urplötzlich ein gewaltiger Wind und ein Reiter brauste auf seinem weißen Pferd daher. Hinter ihm folgten seine Jagdgesellschaft, unter denen auch eine wunderschöne junge Frau war. Sie bemerkte den Burschen und machte den Ritter auf ihn aufmerksam. Ergrimmt packte der den Zeugen der nächtlichen Jagd am Halse, doch der Jüngling hatte Glück: Seine Mutter hatte ihm ein Kruzifix geschenkt, das er an einer Kette am Halse trug. Als der wilde Reiter das bemerkte, schrie er laut auf und jagte mit seinem Gefolge davon. Seit dieser Zeit wurde er in dieser Gegend nicht mehr gesehen.

Die Wilde Jagd bei Merklin

Im Winter, wenn die Nächte lang und die Tage kurz sind, zieht die Wilde Jagd bei Merklin durch Wald und Flur. Vor allem im Dezember hört man nach 10 Uhr abends lautes Hundegebell, Jagdrufe und den durchdringenden Ton der Jagdhörner.

Niemand, der noch seine Sinne beisammen hat, traut sich dann in den Wald, denn der Wilde Jäger erschießt jeden, dem er begegnet. Am Wandrand aber steht eine alte Hütte, in der der Heger des Waldes wohnte. Als nun wieder einmal die Wilde Jagd vorüberzog, packte ihn der Übermut. Er öffnete das Fenster und rief „Halloh! Halloh!!" in die Nacht hinaus. Zunächst geschah nichts. Die Wilde Jagd brauste vorüber, der Heger schloss das Fenster und setzte sich wieder an seinen Bierkrug. Nach einer Weile jedoch kam ein Mann zum Fenster. Er hielt einen Hasen in der Hand und rief den Heger hinaus, indem er sagte, er bringe ihm einen Hasen, weil er mit habe jagen helfen. Der Heger wurde mit einem Schlag wieder nüchtern und wehrte ab. Als er sich weigerte, das Fenster zu öffnen, zerriss der Fremde den Hasen und sagte mit grollender Stimme: „Du hast wohl getan, dass du nicht herausgekommen bist, denn sonst wäre es dir so gegangen wie diesem Hasen hier." Damit warf er den Hasen vor die Tür und verschwand.

Die Sporen des Wilden Jägers

Auch auf dem Radelstein haust der Wilde Jäger. Vor vielen Jahren hatte ein Jäger im Wald einen Eber erlegt. Es war schon zu spät, um das Tier nach Hause zu bringen, doch wenn er es liegenließ, würden es über Nacht die Wölfe fressen, und das wäre doch nun wirklich schade. Der Jäger beschloss daher, Wache zu halten. Er machte sich unter einer Eiche ein Feuer und sann über dies und jenes nach. Wie er so vor sich hindöste, sah er den wilden Jäger durchs Gebüsch schreiten. Bald darauf ertönte auf dem Radelstein das Hifthorn. Ein furchtbares Gewitter brach herein, und das Bellen des Waldhündchens mischte sich unter das Brüllen des Donners. Plötzlich kam im Gebüsch das Waldhündchen wieder zum Vorschein, und dann sah der erschrockene Hubertusjünger auch den wilden Jäger. Er saß auf einem Baumstumpf und winkte dem Waidmann, näherzukommen. Mit schlotternden Knien machte der Jäger einige Schritte vorwärts. In diesem Augenblick zerschmetterte ein Blitz die Eiche, unter der er noch vor wenigen Augenblicken gesessen hatte. Der Jäger stürzte bewusstlos zu Boden. Als er erwachte, sah er sich von den Splittern der zerschmetterten Eiche umgeben. Das Gewitter verzogen, der Wilde Jäger aber war verschwunden. Der unheimliche Geselle hatte ihm das Leben gerettet.

Noch heute jagt der Wilde Jäger mit seinem Jagdhündchen in dieser Gegend. Er spielt den Menschen zwar so manchen Streich und liebt es, sie zu erschrecken, doch er tut ihnen nichts zu leid, sondern warnt sie vor drohender Gefahr. So manchem hat er schon das Leben gerettet.

Der Fuchsenstein bei Hosterschlag

Den Fuchsenstein bei Hosterschlag soll der Teufel als Ruheplatz erkoren haben. Tatsächlich kann man mit etwas Phantasie in den dortigen Felsen die Abdrücke seiner Tatzen, seines Hinterteils und seiner Flasche erkennen.

Als einst die Bäuerin des nahegelegenen Hofes um die Mittagsstunde vom Feld nach Hause zurück kehrte und dabei am Fuchsenstein vorbeikam, sah sie dort einen grauen Mann sitzen. Er trug einen grünen Rock und zählte einen Haufen Geld. „Lasst mir auch etwas zukommen", meinte sie scherzend zu ihm. „So nimm dir einen Rusch (raschen Handgriff)", antwortete der Fremde zu ihrem Erstaunen. Die Frau zögerte nicht lange, warf einen Haufen Münzen in ihre Schürze und machte, dass sie fortkam. Bald aber hörte sie hinter sich das Schnauben und Stampfen von Pferden. Hundebellen und Gerassel und Jagdgejohle tobte um sie, so dass sie, schon im Garten angekommen, das Geld fortwarf. Kaum berührte es die Erde, verwandelte es sich in Kohlen. Nur eine Kohle blieb an ihrer Schürze hängen. Als sie diese in den Backofen warf, verwandelte sie sich in einen silbernen Siebzehner. Rasch eilte sie hinaus, doch die anderen Kohlen waren verschwunden.

Der Waldjäger

Einst ging ein Mann in der Dämmerung durch den Tichlowitzer Gemeindewald nach Rittersdorf. Müde von den Strapazen des Tages setzte er sich auf einen Fichtenstumpf. Da hörte er plötzlich Hundegebell und ehe er sich versah, stand der Waldjäger mit seinen zwei glühenden Hunden vor ihm. Entsetzt bekreuzigte sich der Mann und rief: „Gelobt sei Jesus Christus!" Im selben Augenblick verschwand der Wilde Jäger. Einer der Hunde umkreiste den Mann noch einmal und bellte ihn wütend an, ehe auch er verschwand. Der Mann aber nahm die Beine in die Hand und machte, dass er heimkam.

Das wütende Heer bei Schletta

Junker Rudolf von Schmertzing, Erbsasse auf dem Kammergut Förstel, wusste die Braukunst der Annaberger wohl zu schätzen. So manches Mal sah man ihn in den Schenken bis spät in die Nacht den Krug heben. Auch an jenem schicksalhaften Abend im Jahre 1626 hatte er dem süffigen Gerstensaft reichlich zugesprochen. Ziemlich angeheitert wollte er auf geradem Weg über Schletta zu den Scheibenbergischen Mühlen reiten. Unterwegs hörte er Jagdgeschrei und Hundegebell, doch anstatt sich zu sputen, ritt er dem Lärmen nach und geriet in einen Morast, in dem sein Pferd steckenblieb. Alles Fluchen und Antreiben half nichts – der Gaul konnte die Hufe nicht aus dem gierigen Moor ziehen. Endlich machte er sich auf den Weg und rief einige vorüberkommende Fuhrleute zu Hilfe. Mit Stangen und Säulen gelang es schließlich, das Pferd aus dem Morast zu ziehen. Auch ein alter Priester, der in aller Frühe von Wiesental nach Annaberg reiste, hörte mitten im Wald plötzlich Jagdgetöse. Sein Fuhrmann, der gewiss keiner von der furchtsamen Sorte war, wusste das Geräusch wohl zu deuten und sagte: „Herr, es ist das wütende Heer, wir wollen im Namen Gottes fahren, es kann uns nicht schaden." Und tatsächlich kamen beide unversehrt in Annaberg an.

Der Teufelsfelsen bei Sternberg

Unweit des Sternberger Schlosses steht ein Felsen im Wald, auf dessen Spitze man deutlich den Abdruck eines Pferdehufes erkennen kann. Einst, so erzählt man, wurde ein Bauer im Wald vom Sturm überrascht und suchte Schutz unter einem Felsüberhang. Der Sturm heulte und tobte, und endlich brach die Nacht herein. Da hörte der vor Nässe und Kälte zitternde Mann ein wildes Tosen, Hundegebell und Rindergeblöck, das immer näher kam. Schon war es direkt über ihm, da vernahm er einen schweren Fall, gerade so als ob eine ungeheure Last auf den Felsen gestürzt wäre. Der ganze Felsen erzitterte. Das Toben hörte eine Weile auf, doch dann fing es mit neuer Kraft an und entfernte sich schließlich. Der Bauer verlor vor Angst das Bewusstsein. So fand man ihn am anderen Tage. Als er erzählte, was er erlebt hatte, wollte man ihm zuerst nicht so recht Glauben schenken. Einige wagten sich dann doch auf den Felsen und fanden dort den Abdruck des Pferdehufes und ein paar Blutspuren. Von dieser Zeit an nannte man den Felsen Teufelsfelsen und erzählte von den Teufeln, die hier eine arme Seele herumgejagt haben sollen. Manche wollten sogar wissen, dass die Teufel dabei in Streit gerieten und einer von ihnen aus den Wolken auf den Felsen stürzte.

Der Thomaswagen

Vielfältig sind die Geheimnisse der langen Winternächte. Die Grenzen zwischen den Welten sind dünn – nicht nur in den Zwölften. Die Schleier lüften sich, die Seelen der Toten kehren zurück, das Wilde Heer zieht durch die Luft, doch auch manch unruhige Geister wandeln weit häufiger als sonst über die Erde. Außerhalb der zwölf Nächte waren vor allem die Luciennacht und die Thomasnacht berühmt-berüchtigt für ihren Geisterreichtum. In

Böhmen wusste man von mancher Geisterkutsche. Die in der Nacht des Heiligen Thomas durch das Land brauste. In Horazdiowitz fuhr der Heilige in einem feurigen Wagen auf den Kirchhof, wo alle Toten, die im Leben seinen Namen getragen hatten, auf ihn warteten und ihm aus dem Wagen halfen. Dann ging er mit seinen Begleitern bis zu dem roten, strahlenden Kreuz, kniet sich vor ihm nieder und betet. Danach erhebt er sich, segnet seine Namensvettern und verschwindet hinter dem Kreuz. Alle Thomasse kehren nun zu ihren Gräbern zurück und legen sich schlafen. Der Thomaswagen aber fährt weiter bis zum nächsten Dorf.

Einstmals kreuzte der Wagen den Weg des geizigen Richters von Buhsitz. Keine 20 Schritte vom dortigen Kirchhof entfernt war das. Der hartherzige Herr erschrak, fiel auf die Knie und rief: „Heiliger Thomas, beschütze mich!" Der Heilige aber war gar nicht mehr im Wagen und der Kutscher, der den Schreier erkannte, schlug dem Geizhals mit seiner feurigen Peitsche beide Augen aus.

Das Unheil der Thomasnacht

Nicht weit von Eger entfernt liegt ein Dorf, in dem vor langer Zeit ein reicher Bauer wohnte. Doch Reichtum und Verstand gehen nicht immer Hand und Hand, und die Mächte der Anderswelt sollte man nicht leichtfertig herausfordern. Unserem Bauern war sein Wohlstand nicht genug; er wollte wissen, was die Zukunft für ihn bereithielt, und so ging er am Thomasabend zur Mitternacht auf einen Kreuzweg, denn dort, so hieß es, könne der Mutige einen Blick in das Kommende werfen. Er hatte sich, wie er glaubte, gut vorbereitet und meinte, für alles gerüstet zu sein. So zog er mit geweihter Kreide den Kreis, denn er wusste, dass die bösen Mächte das Innere des Kreises nicht betreten konnten.

Schon hörte er in der Ferne Pferdegetrappel und Peitschenknall. Nach einiger Zeit tauchte aus der Dunkelheit ein von vier rabenschwarzen Pferden gezogener, schwerbeladener Wagen auf und rollte geradewegs auf ihn zu. Neben dem Wagen schritt ein riesiger Mann mit flammendrotem Haar und Bart. Mit zorniger Stimme befahl er, aus dem Wege zu gehen, doch der Landmann blieb ruhig im Kreise stehen und der Spuk verschwand mit lautem Knall. Doch die Nacht war noch lange nicht zu Ende. Nach einer Weile sah der Bauer einen Trupp Soldaten in der Nähe, die erbittert miteinander kämpften. Kanonen donnerten und eine Kugel sauste knapp über seinem Kopf hinweg. Da war es aus mit seiner Beherrschung. Mit einem Schrei sprang der Bauer aus dem Kreis und fiel ohnmächtig zu Boden. Kurze Zeit später starb er.

Der schwarze Wagen

Etwa eine Dreiviertelstunde von Scheibradann bei Neuhaus liegt ein großer Wald, in dem man zur Zeit des Neumondes die Wilde Jagd hören kann. Während die unheimliche Schar durch den Wald braust, zieht am Waldrand ein riesiger schwarzer Wagen seine Bahn. Er wird von zwei pechschwarzen Pferden gezogen und von einem ebenso schwarzen Mann begleitet, der einen breitkrempigen Hut trägt. Wer aber dieser Mann ist und was er mit dem Wilden Jäger „am Hut" hat, weiß niemand zu sagen.

Baron Hußmann

Vor vielen hundert Jahren soll die Herrschaft Tachau einem Baron Hußmann gehört haben. Er war ein strenger und grausamer Herr, der selbst die Alte, Schwachen und Kranken zu Frohndiensten zwang. Rücksichtslos preschte er mit seiner vierspännigen Kutsche über die Straßen,, und dann wehe dem, der nicht rechtzeitig zur Seite sprang. Für seine Grausamkeit wurde er dazu verdammt, auf ewig in der Weihnachtsnacht mit einem feurigem Wagen umherzufahren. Auch dieser wird von vier schwarzen Pferden gezogen und von 16 kleinen, schwarzen Hunden begleitet. Schon von weitem hört man das Schnauben und Stampfen der

Rösser, das Rasseln der Räder und das Kläffen der Hunde. Andere wiederum behaupten, nicht 16 kleine Hunde den Wagen umringen, sondern ein riesiger schwarzer Hund mit feurigen Augen säße an Hußmanns Seite.

Als Hußmann im Sterben lag, wurde er von Furcht erfasst und er versuchte, wenigstens etwas des von ihm begangenen Unrechts wiedergutzumachen. ließ er den Rat von Tachau kommen, um ihm die Güter, die er ihm entzogen hatte, zurückzugeben. Doch als der Magistrat vor das Schloss kam, fand er keinen Einlass, denn vor dem Tor stand eine Schildwache. Diese war aber niemand anders als ein höllischer Geist – wer sonst hat schon einen Pferdefuß? Der Teufel hatte natürlich kein Interesse daran, dass ihm Hußmanns Seele im letzten Augenblick doch noch entgehen könnte. Erst als der Baron seinen letzten Atemzug getan hatte, ließ er den Rat passieren, doch es war zu spät.

Ganz aufgegangen ist die Rechnung des Höllenfürsten aber wohl doch nicht – zumindest kam Hußmanns Seele nicht sofort in die Hölle. Bei seiner Beerdigung soll er ganz ruhig am Fenster gestanden und zugesehen haben. Seine Gebeine ruhen im Wald. Darüber errichtete man eine Kapelle, die er zu seinem Seelenheil gestiftet hatte und die seinen Namen trägt.

Der Waldteufel

Einst stand in einem Wald drei Stunden von Budin entfernt eine große Eiche, deren mächtigen Stamm 12 Männer nicht umfassen konnten. Sie war viele hundert Jahre alt und die Leute wollten wissen, dass sie die Wohnung des Waldteufels sei. In der Mitte der Christnacht sollte er aus dem Baum steigen und dessen Wipfel anzünden, so dass der Baum brennt, aber nicht verbrennt. Dann geht er im Wald umher und wenn er einen Wanderer findet, der unter einem Baum schläft, so steckt er ihm das Ei einer schwarzen Henne unter den Arm. Wirft der Schläfer nach dem Erwachen das Ei weg, so fällt er auf der Stelle tot zu Boden. Behält er es aber und trägt es noch dazu drei Tage unter dem Arm, so zeigt ihm der Waldteufel einen Ort, an dem ein Schatz vergraben ist. Einer soll dort fünf goldene Kügelchen auf einer Perlenschnur gefunden haben.

Die Wald- und Moosweibchen

Auch in den Tiefen der böhmischen Wälder mussten die Waldweibchen vor dem Wilden Jäger auf der Hut sein. Einst sah ein Holzhauer im Walde eine kleine, mit Moos bekleidete Gestalt neben sich auf dem Wege. Das Waldweibchen sprach zu ihm: „Geh' in den Wald und haue in die gefällten

Baumstämme drei Kreuze, denn ich muss mich darauf setzen, sonst hat der Wilde Jäger Gewalt über mich arme Geschöpf. Es soll dein Schade nicht sein. Wenn du es aber nicht tust, so sollen alle Plagen über die kommen." Der Holzhauer fand, dass es besser war, ihre Bitte zu erfüllen, und er sollte es nicht bereuen. Als er nach Hause kam, war sein krankes Weib frisch und munter.

Ein anderer Jäger musste seine Lektion erst lernen. Er ignorierte die Bitte des Moosweibchens und fühlte sich bald darauf krank und lahm. Er fragte die Heiler um Rat, versuchte es mit allerlei Kräutern und Umschlägen, doch nichts half. In seiner Verzweiflung ließ er sich in den Wald tragen, kroch unbemerkt zu dem Baumstumpf und schlug drei Kreuze hinein. Im gleichen Moment wurde er gesund.

Die Geister der Unternächte

In einigen Regionen werden die Rauhnächte auch Unternächte genannt. In dieser Zeit sind die Schleier zwischen den Welten besonders dünn. Geister und andere Wesenheiten gehen um, und auch die Hausgeister, die fast jeder von uns hat, sind dann besonders aktiv. Unweit von Saaz wohnte eine Bürgerfamilie, die in der Zeit der Unternächte gewöhnlich die Magd wechselte. Gerade hatte wieder ein neues Mädchen seinen

Dienst angetreten. Es stand in aller Frühe auf, um die anstehende Arbeit so rasch wie möglich zu erledigen und fand zu seinem großen Erstaunen alles bereits in bester Ordnung: Zimmer und Küche waren blank gescheuert und alle Geräte geputzt.. Das Mädchen glaubte, die Hausfrau habe dies alles getan und staunte, dass diese so früh aufgestanden war. So nahm sie sich vor, am nächsten Morgen noch zeitiger aufzustehen. Die Frau wiederum freute sich über den Fleiß ihrer Magd, und nahm sich vor, das Mädchen dafür zu loben.

Auch am nächsten Morgen fand die junge Magd, dass alles schon fertig war, obewohl sie noch früher aufgestanden war, ebenso am dritten Tage. Als die Frau sie auch noch lobte, konnte sie sich endlich nicht mehr beherrschen und sagte, dass es sie sehr kränke, dass die Frau alle Arbeiten selbst erledige. Wofür wäre sie, die Magd, denn da?

Die Hausfrau war verblüfft, und noch mehr staunte sie, als das Mädchen ihr sagte, dass nicht sie die Arbeit getan habe. Die Frauen waren nun fest entschlossen, das Rätsel zu lösen und kamen überein, abwechselnd zu wachen. Schon in der ersten Nacht wurde ihre Mühe belohnt. Zwischen 12 und 1 Uhr kamen zwei winzige Hauskobolde in Gestalt eines Knaben und eines Mädchens in die Küche. Flink erledigten sie alle anstehenden Arbeiten und verschwanden dann wieder. In der folgenden Nacht wiederholte sich das Ganze. Voller Mitleid sah die Frau, dass die beiden Geisterchen nackt waren, und so legte sie ihnen in der folgenden Nacht zwei hübsche Kleidchen zurecht. Doch die Kleinen waren darüber alles andere als erfreut. Im Gegenteil: sie jammerten und klagten, und der Kobold sagte zu seiner Gefährtin: „Nun werden wir auch hier bezahlt und dürfen nichts mehr arbeiten. Wo werden wir nun wieder eine gesittete Familie finden?" Klagend packten sie ihre Geschenke zusammen, gingen ohne zu arbeiten fort und wurden nie wieder gesehen."

Die Nacht der Wünsche

Die letzte und wundersamste der zwölf Nächte ist die Dreikönigsnacht. Genau um Mitternacht öffnet sich dann der Himmel und wer in diesem Moment nach oben sieht, dem gehen drei Wünsche in Erfüllung.

Einst lebten in einer Stadt zwei Bierbrauer, die einander in tödlicher Feindschaft verbunden waren. Ihr Hass war so groß, dass einer von ihnen in der Dreikönigsnacht hinaus ging und den richtigen Augenblick abwartete. Als der Himmel sich öffnete, wünschte er sich, sein Feind möge sterben. Weil aber der Himmel nur Gutes gewähren kann, blieb der böse Wunsch des Brauers unerfüllt und fiel auf ihn selbst zurück. Kurz nach dieser Nacht erkrankte er und starb.

Der Wilde Jäger ist überall

In der Zeit der Rauhnächte ist die Wilde Jagd bekanntlich besonders aktiv. Oder sollte ich besser sagen, „die wilden Jagden"? Sie wird an so vielen Orten wahrgenommen, dass es sich unmöglich nur um ein Wütendheer handeln kann. Überhaupt – Wütendheer und Wilden Jäger sollte man nicht verwechseln: Der Letztere ist nämlich oft ein verdammter Frevler, manchmal auch eienr der Höllenfürsten selbst. Ein solch verdammter Nachtjäger haust auch im Birkwald nahe dem schlesischen Leobschütz. Er teilt sich den Wald mit einem riesenhaften Nachtschäfer, dessen Herde aus dreibeinigen Schafen besteht – ein sicheres Merkmal, dass die Tiere direkt aus der Hölle stammen. Bei Miltigau in Bohmen und am Finkenhügel bei Warnsdorf soll sich die Wilde Jagd in den Zwölften ebenfalls herumtreiben, und bei Neuhaus will man in dieser Zeit einen feurigen Mann ums Haus streifen gesehen haben, der einen schwarzen Pferdekopf unter dem Arm trug. Im Schacherwald unweit von Vitis wirft man sich auf den Bauch, wenn man das Nahen der Wilden Jagd hört. Einer, der es getan hatte, klagte seitdem über unerklärliche Rückenschmerzen. Was er auch versuchte, die Schmerzen blieben bestehen. Irgendjemand riet ihm schließlich, sich nach einem Jahr wieder an die Stelle zu begeben. In seiner Verzweiflung tat der Mann, wie ihm geheißen, und tatsächlich stellte sich auch diesmal die Wilde Jagd ein. Er wandte das Gesicht dem Boden zu und kniff die Augen fest zusammen, denn demjenigen, der die Wilde Jagd sah, konnte Schlimmes geschehen. Da hörte er eine Stimme sprechen: „In diesen Stock habe ich einmal meine Hacke geschlagen." Im selben Moment war ihm, als ob man ihm einen Splitter aus dem Rücken zöge, und der Schmerz, der ihn so lange geplagt hatte, verschwand.

Die wilde Füa

In langen, dunklen Winternächten, wenn der Sturm durch die Berge toste und Lawinen zu Tal donnerten, erzählten sich die Bewohner des Ilstales (ein abgelegenes Tal unweit von Linz) flüsternd die alten Geschichten von der wilden Füa. Wer wusste schon, ob das da draußen tatsächlich nur das ungestüme Treiben der Elemente war? Vielleicht tobte zwischen den Bergen auch ein Heer böser Geister? Vor der wilden Füa gab es kein Verstecken: Auf den Flügeln des Windes brausten die Geister durch Berg und Tal und nahmen alles, was nicht gesegnet war, mit sich. Heutige Verkehrsplaner gäben vermutlich ihre Seelen dafür, wenn sie nur wüssten, wie die Wilde Füa das damit verbundene Logistikproblem löste, aber dafür waren es schließlich Geister. Jedenfalls führten sie alles Mögliche mit sich: Dreschflegel, Pflüge, Mühlsteine, Webstühle, Tische und Bänke andere Geräte, vor allem aber auch ein Sammelsurium an Instrumenten: Geigen, Hörner, Glocken, Flöten Hackbretter und Harfen und was es sonst noch zu holen gab. Jedes Instrument, jedes Gerät tönte ohne Unterlass. Ein Kreischen und Pfeifen oder zupfen und Klappern schallte über das Land und trieb Mensch und Vieh die Haare zu Berge. Vogelkrächzen und Zwitschern, das Brüllen der Ochsen, das Jammern unzähliger Katzen, das ängstliche Blöken der Schafe und panisches Pferdegewieher mischte sich zu einer schauderlichen, ohrenbetäubenden Melodie, denn auch vor Tieren und Menschen machten die Geister nicht Halt. Durch das Tosen und Wimmern hört man sie weinen und lachen und fluchen und streiten, und jauchzen und heulen – zu allem werden sie von den bösen Geistern angetrieben. Es braust und tobt, Bäume krachen, Lawinen stürzen grollend zu Tal und es scheint, das Ende der Welt stünde unmittelbar bevor. Doch es ist „nur" die Wilde Füa, die in den Zwölften herumtobt. Über Menschen hat sie nur Macht, wenn sie Böses im Sinn haben oder nicht gesegnet sind. Tier und Hausrat konnte man durch Räuchern schützen, und so wurde in den Rau(c)hnächten jeder Winkel des Hauses und Stalles mit Weihrauch, Salbei und anderen reinigenden Harzen und Kräutern gesegnet.

Begegnete man der Wilden Füa, so konnte man sich retten, indem man sich am rechten Wegesrand auf die Spur eines Wagenrades legte, das Gesicht zur Erde wandte und den Kopf in jene Richtung legte, aus der sich die Wilde Füa näherte.

Vor langer Zeit zog ein Bauer in jenen gefährlichsten Tagen des Jahres in den Oberlinzer Wald, um Holz zu schlagen. Der Winter war kalt, und er brauchte viel Holz. Es war schon spät, als er endlich erschöpft die Axt sinken ließ und sich auf den Heimweg machte. Da kam plötzlich die Wilde Füa über eine Wiese herunter und zog ganz nahe an ihm vorbei. Als letztes kullerte ihr ein kleines Kind in Windeln hinterher. Der Bauer sah ihm wehmütig nach und sagte laut vor sich hin: „O Bitzele, Bätzele hintennoch." Kaum aber hatte er das gesagt, stand das Knäblein in einem weißen Hemdchen vor ihm und sagte: „Ich danke dir, dass du mir einen Namen gegeben hast, denn als ich geboren wurde, habe ich nur die Wachttaufe (Nottaufe) empfangen, und man hat vergessen, mir einen Namen zu geben. Darum musste ich so lange mit der Wilden Füa ziehen, bis ich einen Namen bekommen habe. Nun bin ich erlöst."[25]

Der Gast in der Mitte der Winternacht

Vor langer Zeit lebte in Alland ein Schmied, an dessen Fenster zu mitternächtlicher Stunde ein Fremder klopfte. Es war tiefster Winter, und der Schmied wunderte sich, was der Fremde wolle. Der Mann bat ihn, er möge mehrere Hufeisen nehmen und mit ihm zum „Engelkreuz" gehen, um dort sein Pferd zu beschlagen, weil es fortwährend ausglitte. Dem Schmied war die ganze Sache nicht geheuer, denn man munkelte viel von den Gefahren, die in dieser Zeit auf den unvorsichtigen Wanderer lauerten. Er suchte allerlei Ausflüchte, wandte auch ein, dass es schwer sei, auf der Straße und noch dazu ohne Feuer ein Pferd zu beschlagen, doch der Fremde ließ nicht locker. Seufzend ging er schließlich mit. Als sie zum „Engelkreuz" kamen, stand dort tatsächlich das Pferd. Der Schmied hob den Hinterhuf, passte das Eisen an und schlug den ersten Nagel ein. Da hub

---

25 Ein Kuriosum sei an dieser Stelle noch angemerkt: Verneleken berichtet, dass im Linzer Land das Wörtchen Füa verschiedene Bedeutungen haben kann: Erstens bezeichnet es eine mit dem Wagen fortzuschaffende Last, zweitens ein Getöse, ein buntes Durcheinander oder ein mutwilliges Geräusch. Drittens aber ist eine Füa ein hysterisches oder rachsüchtiges Frauenzimmer, das jeden ankeift, der ihr begegnet – eine Furie im wahrsten Sinne des Wortes.

das Pferd zu reden an und bat ihn, er möge nicht so tief schlagen – denn in der Weihnachts- und Silvesternacht können Tiere bekanntlich mit menschlicher Stimme reden. Der Schmied erschrak und beeilte sich, fertig zu werden. Dann machte er, dass er nach Haus kam. Zuvor aber wurde er von dem Fremden reichlich belohnt.

Das Weinwunder

In Niederösterreich existierte noch Anfang des 19. Jahrhunderts der Glaube, zur zwölften Stunde der Weihnachtsnacht würde sich ads Wasser aller Brunnen in guten Wein verwandeln. Ein Knecht, der davon gehört hatte, wollte sich diese Gelegenheit nicht entgehen lassen. Er ging also um Mitternacht zum Brunnen und begann zu schöpfen. Plötzlich aber erhielt er von einer unsichtbaren Hand eine derartige Maulschelle, dass ihm Hören und Sehen verging.
Überhaupt musste man sich hüten, etwas von dem Wunder verlauten zu lassen. Ein Mädchen, das zur besagten Stunde an den Brunnen ging und schöpfte, rief erfreut aus: „Jetzt ist das Wasser Wein!" Da ertönte eine Stimme aus dem Brunnen: „Und dein Kopf ist mein!". Das Mädchen hat man niemals wieder gesehen.

Sagenhafte Rauhnächte im Spessart

Der gespenstische Küfer

Der Schönborner Hof zu Aschaffenburg konnte sich rühmen, in seinem Weinkeller so manch guten Tropfen zu lagern. Mit unermüdlichem Fleiß sorgte ein Kellner dafür, dass der kostbare Wein nicht verdarb. Kein noch so kleiner Fehler an den Fässern entging seinem wachsamen Auge. Oftmals hämmerte er bis tief in die Nacht an den hölzernen Fässern und vergaß darüber alles andere. So geschah es, dass er selbst am Heiligen Abend, wo doch alle Arbeit ruhen muss, im Keller klopfte und hämmerte, und darüber die Christmette versäumte. Als Strafe muss er noch heute, wenn am Heiligen Abend die Christmette beginnt, hämmern und klopfen – bis zum Jüngsten Tag.

Die prügelnde Glücksrute

Die Glücksrute, von der wir gleich hören werden, ist eine Verwandte des Knüppels aus dem bekannten Märchen der Brüder Grimm[26]. Es ist auch keine Rute, sondern ein dicker Stock, der auf Befehl seines Besitzers jeden, der genannt wird, windelweich prügelt. Während aber der „Knüppel aus dem Sack" der Gebrüder Grimm nur die

---

26 Gemeint ist natürlich das Märchen Tischlein deck dich".

diebischen Wirtsleute in unmittelbarer Nähe traktieren konnte, hat die Glücksrute auch eine Fernwirkung. Doch genug der Vorrede.

Eine Glücksrute zu gewinnen ist nicht ohne Risiko. Als erstes gilt es, den richtigen Zeitpunkt zu beachten, denn nur in der Christnacht kann das Werk gelingen. Dann geht man in den Wald und schneidet zur Mitte der Nacht eine junge Eiche. Dass dabei bestimmte Beschwörungen gesprochen werden müssen, versteht sich von selbst. Außerdem darf man auf dem Hin- und Rückweg kein Sterbenswörtchen sprechen, sonst verliert der Stock im günstigsten Fall seine schlagkräftige Wirkung; im ungünstigsten Fall widerfährt dem Wagemutigen ein schlimmes Unglück. Und noch eines sollte bedenken, wer sich eine Glücksrute besorgt: Rachsucht ist noch nie ein guter Ratgeber gewesen.

Hanskort von Edelbach im Kahlgrund war so ein rachsüchtiger Mensch, und überempfindlich war er obendrein. Er konnte nicht verzeihen und keine noch so kleine Beleidigung vergessen, selbst wenn er sie sich nur einbildete. Einst forderte sein Vetter eine kleine Summe Geldes, die er ihm geborgt haben sollte, zurück. Hanskort bestritt die Schuld – ob zu Recht oder zu Unrecht, mag dahingestellt bleiben – wurde von seinem Vetter verklagt und gerichtlich zur Begleichung der angeblichen oder tatsächlichen Schuld verdonnert. Das wurmte ihn so, dass er nicht schlafen konnte. Passenderweise stand Weihnachten gerade vor der Tür, ud so beschloss Hanskort, sich eine Glücksrute zu besorgen und ihre Wirkung auf dem Rücken seines Vetters zu erproben, Gedacht, getan: Am Weihnachtsabend kurz vor Mitternacht machte sich Hanskort auf den Weg in den nahen Wald. Am Waldrand traf er einen stattlichen Jäger, der zwei große Hunde mit sich führte und ihn grüßte: „Gut' Zeit, Hanskort! Wo hinaus so spät?" Hanskort stutzte zwar, denn er kannte den Mann nicht, erwiderte aber den Gruß und murmelte etwas von einer unaufschiebbaren Reise. Dann setzte er seinen Weg fort. Als die Glocken von Ferne zur Christmette läuteten, schnitt er unter Hersagung der vorgeschriebenen Formeln den Stock und machte sich nach vollbrachter Tat auf den Heimweg. Er kam jedoch nicht weit. Hinter ihm stand der Jäger, doch diesmal machte er kein freundliches Gesicht. Grimmig packte er Hanskort am Kragen, fuhr mit ihm hoch in die Luft, drehte im den Hals um und warf ihn zur Erde, wo er mit zerschmetterten Knochen liegenblieb. So strafte der Wilde Jäger den rachsüchtigen Geist. Noch heute aber wächst an jener Stelle, an der Hanskort zu Boden krachte, kein Grashalm.

Der Wilde Jäger vom Spessart

In den tiefen Waldschluchten des Spessart treibt ein Wilder Jäger sein Unwesen, der gewiss nichts Göttliches an sich hat. Im Gegenteil: Dieser Wilde Jäger ist ein böser Geist, doch über jene, die nichts Böses im Schilde führen, hat er keine Macht. Wehe aber dem Holzdieb, der das Pech hat, ihm über den Weg zu laufen: Ein gebrochener Arm oder ein gebrochenes Bein ist ihm sicher! Der kluge Holzdieb vermeidet es deshalb, am 22. Februar in den Wald zu gehen, denn dann ist der Wilde Jäger besonders umtriebig.

Manche jedoch suchen geradezu nach dem Wilden Jäger, um ihn um Hilfe zu bitten, denn wie es sich für einen Dämon gehört, besitzt auch der Wilde Jäger magische Fähigkeiten. Wer unfehlbare Freikugeln gießen will, muss ihn dabei haben. Seien Segen gibt er freilich nicht umsonst, doch das kümmert jene, die seine Hilfe erbitten, nicht. Sie leben im Hier und Jetzt – die Zukunft erscheint ihnen in weiter Ferne.

Ein solcher Frevler soll Anfang des 17. Jahrhunderts in Orb gelebt haben. Schon von Kindesbeinen an soll er sich durch einen gottlosen Lebenswandel ausgezeichnet haben. Er schwänzte die Schule und vor allem die so wichtigen Unterweisungen in Gottes Wort. Später ging er der Arbeit aus dem Weg. Dafür war er umso häufiger im Wirtshaus zu finden. Reich war er nicht, und was ihm seine Eltern hinterlassen hatten, war bald durch seine durstige Gurgel geflossen. Wundert es da, dass ihm Niemand etwas borgen wollte? Wohl oder übel musste er daran denken, wie er in Zukunft sein täglich Brot erwerben konnte. Er hätte sich natürlich als Landsknecht anheuern lassen können, zumal der Dreißigjährige Krieg gerade in vollem Gange war. Doch das war ihm zu beschwerlich und zu gefährlich. Dann schon besser als Wildschütz leben. Hirsche und Rehe gab es in den Wäldern genug. Er wurde ein so trefflicher Schütze, dass für die Leute kein Zweifel bestand: er musste sich vom Wilden Jäger Freikugeln besorgt haben.

Mehrere Jahre lebte er in Saus und Braus. Ein einziger Schuss aus sicherer Ferne gab ihm die Mittel, seinen Gelüsten nach Herzenslust zu fröhnen. Er tat dies reichlich und kümmerte sich nicht um sein Seelenheil. Ein Fluch, sagten die Leute, war sein bestes Vaterunser.

Dann aber kam das Jahr 1634 und mit ihm das Unheil. Die Schweden plünderten die Stadt und töten jeden, der sich widersetzte. Im folgenden Jahr hielt der Schwarze Tod reiche Ernte in Orb. Nur wenige Familien und der Pfarrverweser (der alte Pfarrer war kurz zuvor gestorben) blieben wie durch ein Wunder am Leben. Bald schon der Friedhof übervoll und die Leichen lagen in Haufen gestapelt auf dem Marktplatz. Es blieb nichts anders übrig, als sie außerhalb der Stadt in einem Feld zu beerdigen, das noch heute der „Pestacker" heißt.

Auch vor dem Wildschütz machte der Schwarze Tod nicht Halt. Seine Verwandten drängten ihn, den Pfarreiverweser rufen zu lassen. Im Angesicht des nahen Todes willigte der Wildschütz ein, doch als der Geistliche kam, hatte sich der Wildschütz erhenkt. Die letzten Bürger von Orb trugen seine Leiche auf den Pestacker. Da aber geschah etwas Entsetzliches. Aus der Totenlade schlugen auf einmal Flammen, so dass die Leichenträger panisch das Weite suchten. Als sie zurückkehrten, war der Sarg vollständig verbrannt und der verkohlte Leichnam lag auf dem Boden. Sie senkten ihn in die Erde, doch am nächsten Morgen lag er wieder unbedeckt auf dem Acker. Die Erde, so dachten die Menschen, duldet den gottlosen Menschen nicht in ihrem Schoß. Und so blieb die Leiche auf dem Acker, bis sie ein Raub der Verwesung geworden war.

Der Geisfuß

In Langenprozelten am Main lebte vor vielen Jahren ein Fischer. In einer schneeumtosten Winternacht – es mochte wohl mitten in den Zwölften gewesen sein – hörte er vom anderen Ufer den Ruf: „Fährer hol!" Wer mochte sich bei solch einem Wetter hinausgewagt haben, dachte der Fische. Man sieht ja die Hand vor Augen nicht. Liebend gerne wäre er in der warmen Stube geblieben, doch da drüben, am anderen Mainufer, stand ein Mensch, der seiner Hilfe bedurfte. Er war noch nicht ganz am anderen Ufer, da sprang ein großer, kräftiger Mann in den Kahn, der augenblicklich so tief ins Wasser sank, dass der Rand kaum noch fingerbreit war. Der Fremde hüllte sich in einen dunklen Mantel und sprach kein Wort. Dem Fischer graute vor dem unheimlichen Gast und er beeilte sich, ihn überzusetzen. Kaum waren sie am rechten Mainufer angekommen, sprang der Fremde hinaus und eilte ohne Lohn und Dank davon. Der Fischer dachte gar nicht daran, ihm hinterherzulaufen. Er war nur froh, den Fremden losgeworden zu sein. Als er am anderen Morgen die Stelle betrachtete, an der der Mann ans Ufer gesprungen war, stellten sich ihm die Nackenhaare zu Berge: Im harten Fels war deutlich der Abdruck eines Geisklaue zu sehen.

Das Bannkraut

Die dunklen Wälder des Spessarts bergen so manches Geheimnis., und wer mit offenem Geist und reinem Herzen die Berge und Täler durchstreift, dem wird oft Wunderbares offenbar. Auf gewissen Bergeshöhen wächst ein Kraut, das die Macht besitzt, jeden Zauber zu lösen. Wo iedermann einen Haufen glühender Kohlen erblickt, sieht der, der das Kraut bei sich trägt, blankes Gold, und was das Kraut berührt, ist der Gewalt der Erdgeister entzogen. Wundert es da, dass sie das Kraut eifersüchtig bewachen? Wer es dennoch versucht, das Bannkraut zu pflücken, den versuchen sie mit allerlei Spuk davon abzubringen. Selten nur gelingt es einem Menschen, die Trugbilder zu bezwingen und das Kraut zu erringen. Nur einmal im Jahr, in der Weihnachtsnacht, wenn die Uhr gerade zwölf schlagt, kann es gebrochen werden. Stumm muss der sein, der das Wagnis eingeht.

Vor langer Zeit lebte in Faulenbach ein Gastwirt, der alles wissen wollte – auch das, was besser unerforscht bleibt. Auf den Friedhöfen suchte er die Geheimnisse der jenseitigen Welt zu ergründen, an verrufenen Orten suchte er nach den Spuren unheimlicher Wesen. Kein Zauber, kein Bannspruch war ihm unbekannt, aber sein Ziel, reich zu werden, hatte er noch immer nicht erreicht. Als guter Gastwirt wusste er, dass, wenn der junge Wein in der Christnacht aus dem Fass steigt, ein gutes Weinjahr bevorstand und umgekehrt ein schlechtes, wenn er sank, aber ihm fehlte das Geld, im letzteren Falle zur rechten Zeit genügend Vorräte anzulegen. Er wusste auch, dass zur zwölften Stunde in der Christnacht aus einigen Quellen fließt, doch wie viel Wein vermag man wohl in der kurzen Zeit, in der die Glocke schlägt, schöpfen? Außerdem war das Ganze nicht ungefährlich. Vor wenigen Jahren erst musste ein Mann, der den glücklichen Augenblick abgepasst und Wein geschöpft hatte, dafür mit dem Leben zahlen. Man durfte nämlich keinesfalls ein Wort sprechen, solange man an der Quelle stand. Er aber hatte beim Trinken freudig ausgerufen: „Alleweil trink ich Wein!" Einen Wimpernschlag später packte ihn ein Krallenfuß am Genick und eine Donnerstimme rief: „Alleweil bist du mein!" Es bestand kein Zweifel, dass ihn der Teufel geholt hatte.

Lange schon war dem Wirt bekannt, dass auf dem Kühlberg das Bannkraut wuchs. Wie gerne hätte er es sein Eigen genannt! Doch er zögerte, denn er fürchtete die Schrecken der Unterwelt. Gewiss wurde das Kraut von Dämonen oder anderen unheimlichen Mächten bewacht, mit denen nicht zu spaßen war. Schließlich aber war die Gier nach Geld doch stärker als die mahnende Stimme der Vernunft und so machte er sich in der nächsten Weihnachtsnacht auf den Weg.

Der Kühlberg ist nicht besonders hoch, aber die Aussicht vom Gipfel ist großartig. Der Boden ist karg und trägt allenfalls ein paar kümmerliche

Kiefern und... das Zauberkraut. Kaum hatte der Wirt den Wald betreten, da wälzte sich ihm ein Ding entgegen, das er nicht so recht erkennen konnte. Es sah so grauenvoll aus, dass so manch Anderer bei seinem Anblick die Flucht ergriffen hätte. Unser Wirt aber ließ sich nicht einschüchtern, und als das Ding bis zu seinen rollte bis zu seinen Füßen und darüber hinweg. Ohne sich umzublicken (denn auch das durfte man nicht tun) lief er weiter. Kurze Zeit später trat ihm ein riesiger schwarzer Mann entgegen. Er war so groß wie ein Kirchturm und versperrte den Weg. Der Riese kam mit so gewaltigen Schritten auf ihn los, dass zwischen seinen Beinen genügend Platz blieb, um hindurch zu schlüpfen. Der Wirt passte einen günstigen Augenblick ab und – wusch, war er hindurch. Schon nahte er sich der Stelle, an der das Bannkraut wachsen sollte, als von allen Seiten Kriegsknechte zu Pferd und zu Fuß heranrückten und drohend die Waffen schwangen. Auch jetzt ließ er den Mut nicht sinken und schlüpfte bald an einem Reiter, bald an einem Fußknecht vorbei. Allein – immer neue Scharen stellten sich ihm entgegen. Endlich lichteten sich ihre Reihen, und als er eben den Letzten hinter sich hatte, schlug es Zwölf. Der Spuk verschwand so plötzlich, wie er erschienen war, doch die Gelegenheit, das Kraut zu pflücken, war verstrichen. Todmüde schlich der Wirt nach Hause zurück und ließ sich ins Bett sinken.

Doch wer vermag den Schrecken seiner Leute zu beschreiben, die ihn am nächsten Morgen wecken wollten? Die Schrecken der Nacht hatten ihn um Jahrzehnte altern lassen. Aus dem rüstigen Mann war ein hinfälliger Greis mit weißen Haaren geworden.

Die hohe Wart

Zwischen Oberbessenbach, Hessenthal, Neudorf, Völkersbrunn, Leidersbach, Ebersbach und Soden erstreckt sich die Hohe Wart. Allerlei unheimliche Dinge sollen in diesem Wald vorgehen. Er ist die Heimat der verlorenen Seelen, Geister, die zu ihren Lebzeiten gestohlen und betrogen hatten. Untreue Waldmeister, Vierrichter, die falsche Steine setzten, Holzdiebe und andere Frevler waren dazu verdammt, im Dunkel des Waldes zu wandern.

Vor langer Zeit musste ein Mann noch spät in der Nacht von Obernburg nach Hause laufen. Als er an das Hohenwarthäuschen kam, stand dort ein grauer Mann, der ihm auf den Rücken sprang und sich nicht abschütteln ließ. Bis an die ersten Häuser von Neudorf musste er den ungebetenen Reisebegleiter tragen. Dort sprang das Männchen ab und sprach: „Wenn du wieder in der Nacht am Hohenwarthäuschen vorübergehst, so mache hübsch ein Kreuz." Wir wissen nicht, ob der Mann es danach noch einmal wagte, bei Nacht die Hohe Wart zu queren, doch wenn er es getan hat, dann nicht,ohne dem Rat des Männchens zu folgen.

Der Klosen-Jockel von Neudorf fuhr zu später Stunde mit seinen Ochsen hinauf zur Hohen Wart, wo sein mit Holz bladener Wagen stand. Als er am Gründchen war, hörte er plötzlich Hundebegell, Schüsse und Jagdgeschrei. Zur gleichen Zeit erhob sich ein solcher Wind, das Klosen-Jockel mitsamt seinen Ochsen hinweg getragen wurde und erst an der eine halbe Stunde entfernten Kühruhe unsanft abgesetzt wurde. Mühsam rappelte er sich auf und setzte dann seinen Weg fort. Das Jagdgebell hörte er noch lange, doch von weiteren unliebsamen Erlebnissen blieb er für diese Nacht verschont.

Auch der Hocken-Schmied von Hessenthal hatte eine unheimliche Begegnung in der Hohen Wart. Er war am hellen Tag auf dem Weg von Kleinwallstadt ins heimatliche Hessenthal. Als er an die Grenze des Waldes kam, sprang ein kopfloses Pferd auf seinen Rücken und ließ sich bis zum Erlenbrunnen tragen. Völlig entkräftet stützte sich der Schmied auf den daneben stehenden Trog und spritze mit der Hand Wasser auf das Pferd. Da sprang es ab und verschwand.

In der Nacht vor Pfingsten hielten einige Neudorfer Bauern im sogenannten Häuschenschlag Wacht und sorgten dafür, dass das Vieh die neu gepflanzten Bäumchen nicht beschädigte. Sie hatten es sich unter einer Buche bequem gemacht und dösten vor sich hin. Um Mitternacht erhob sich in den Ästen der Bäume ein gewaltiger Lärm. Krachend schlugen die Wipfel aneinander, gerade so, als ob alles kurz und klein gehauen würde. Die Bauern fürchteten um ihr Leben und suchten ihr Heil in der Flucht.

Auch im Sohlschlag hüteten zwei Volkersbrunner Bauern zu nächtlicher Stunde ihr Vieh. Da kam ein riesiges schwarzes Tier aus dem Dunkel. Es sah aus wie ein gigantischer Hund und trieb den Bauern eine Gänsehaut auf den Rücken. Das Vieh aber begann zu brüllen und stob in heller Flucht gen Volkersbrunn.

Noch viele weitere Geschichten wissen die Leute zu berichten - Geschichten von unheimlichen Begegnungen in den unergründlichen Tiefen der Hohen Wart.

Hulda, Perchta und der Wilde Jäger in den Alpen

Hulda und die seligen Fräulein

Unter den mythischen Wesenheiten des Tiroler Landes nehmen die Seligen, Saligen oder die seligen Fräulein die oberste Stelle ein. Ihre Herrin ist Hulda, jene uralte Göttin, die andernorts als Holle bekannt ist. Im Ötztal soll sie einst den Flachs eingeführt haben – kein Wunder also, das der Ötztaler Flachs als der beste und feinste weit und breit galt. Zur Zeit der Flachsblüte wandelte Hulda mit strahlendem Gesicht über die Felder, richtete geknickte Stengel wieder auf und segnete Kraut und Blüten. Sie lebte in einem Kristallschloss, wo sie Garnknäuel spann, deren Faden nie endeten. Mit diesen Knäueln belohnte sie fleißige, arme Frauen und Mädchen.

Tief in den Bergen ist ihr kristallenes Reich. Bergkristalle funkeln an der Decke, rotglühende Granate zieren die Wände. Ihr Schloss ist von blühenden Gärten, grünen Hügeln und Hainen umgeben. Hulda regiert über ein wundersames Reich, ein Reich des ewigen Frühlings. Hier lebt sie mit den seligen Fräulein, und nur selten wurde ein Sterblicher für würdig befunden, das unterirdische

Reich zu betreten. Der Auserwählte musste schwören, über das, was er gesehen hatte, niemals ein Wort zu verraten. Wehe ihm, wenn er seinen Schwur brach!

Die seligen Fräulein waren wunderschön. Ihr Haar glänzte wie Gold, und ihre Augen waren von tiefem Blau. Noch schöner und herrlicher war Hulda, ihre Königin. An festlichen Tagen trug sie ein Kleid so strahlend wie die Morgenröte, während sich die seligen Fräulein mit Alpenrosenkränzen schmückten.

Hulda und ihre Dienerinnen segnenden das Land- Sie brachten Trost und Seelen in die Hütten der Menschen. Den Kranken brachten sie heilende Kräuter, die Mädchen lehrten sie die Kunst, aus Flachs feine Fäden zu spinnen und sie zu leichten Stoffen zu verweben. Sie schmückten die Gräber früh verstorbener Kinder mit Blumen und nahmen sich der Seelen aller ungetaufter Kinder an. Dabei verlangten die Seligen niemals eine Belohnung. Im Gegenteil, sie fühlten sich durch eine Gegengabe gekränkt und zogen traurig von dannen.

Doch kein Glück ist ungetrübt, und auch die Seligen hatten Feinde. Diese Feinde waren Riesen, und nur auf Baumstümpfen, in die drei Kreuze gehauen waren, fanden die Seligen Schutz. Sie ähneln darin den Moos- und Holzweibchen, die auf derart gezeichneten Stümpfen Zuflucht vor dem Wilden Jäger suchten und fanden. Viele

Generationen lang schlugen daher die Tiroler Holzfäller in jeden frisch geschlagenen Baum drei Kreuze.

Nur wenige verborgene Eingänge führen in Huldas unterirdisches Reich. Einer von ihnen soll oberhalb des Dorfes Graun im Etschtal liegen. Dort gibt es eine Kluft, die seit alter Zeit „z'Salig" genannt wird. Auch unter Kirchmähderferner im Gurgltal liegt ein Eingang in Huldas unterirdisches Reich.

Hulda war die Beschützerin und Hüterin der Tiere und Pflanzen. Sie half den Guten und Fleißigen, jenen die nicht nach Reichtum und Ruhm strebten, sondern mit ihrer Hände Arbeit ihr täglich Brot verdienten. Jene aber, die ihren Schützlingen etwas zuleide taten, lernten die dunkle Seite der Göttin kennen. Jägern und Wilderern traten sie und die Seligen auf schroffen Felsen zürnend entgegen und blendeten sie durch das strahlende Licht, das von ihnen ausging, so dass sie in die Tiefe stürzten.

Die Gömnacht-Perchtl von Kögelern

Hoch oben in den Alpen liegt ein uralter Bauernhof, um den sich zahlreiche Sagen ranken. Man nennt ihn die „Hechenblaiken" oder Höhenblaike. Eine dieser Sagen weiß folgendes zu berichten: Vor langer, langer Zeit kam die Perchtl in der Dreikönigsnacht auf den Kögelern-Hof. Diese Nacht ist, wie jeder weiß, der Göttin geweiht.

Der Knecht des Hechenblaiker-Bauern, der sich gerade dort aufhielt, versteckte sich hinter dem Backtrog und wartete ab. Viele kleine Kinder umschwirrten die Perchtl, denn sie ist die Schützerin und Hüterin der zu früh gestorbenen Kinder. Nach altem Brauch hatten die Kögeler-Bäuerin und ihr Gesinde den Tisch für Perchta und die ihren gedeckt. Perchta aber merkte sogleich, dass sie nicht allein waren. „Gehe hin und verschoppe (verschließe) jene Kluße (Spalt)“, gebot sie einem ihrer Kinder. Das ging sogleich zu dem Saplt, in dem sich der Knecht versteckte und blies hinein. Im selben Moment wurde der Knecht, der es gewagt hatte, zu sehen, was keines Menschen Auge sehen durfte, blind. Kein Heiler, keine weise Frau, kein Arzt konnte ihm helfen. Endlich, als alles schon verloren schien, riet ihm ein alter Mann, sich am nächsten Gömnachten wieder auf den Kögelern führen zu lassen, hinter dem Backtrog niederzuknien und seine Neugier aus tiefstem Herzen zu bereuen. Der Knecht tat wie ihm geheißen, und tatsächlich kam die Perchtl auch in dieser Dreikönigsnacht auf den Hof. Sie aß von der für sie bereiteten Speise und sprach zu einem ihrer Kinder: „Gehe hin und tue dem Mann seine Glasle wieder auf.“ Das Kind ging zu dem Trog, blies dem Knecht ins Gesicht und gab so dem Mann das Augenlicht zurück. Die Perchtl und die Ihrigen aber waren bereits verschwunden.

Die Gömnacht-Perchtl vom Hechenblaiken

Vor langer, langer Zeit, als die Winter in den Alpen noch milder waren, kehrte ein Sohn des Hechenblaikener Bauern spät in der Dreikönigsnacht nach Hause zurück und führte sein Pferd zut Tränke. Da zog die Perchtl mit ihrer Kinderschar am Hof vorüber. Alle Kinder trugen weiße Hemdchen, denn es waren die Seelen der ungetauft gestorbenen Kinder. Das Hemdchen des letzten Kindes aber war etwas zu lang, und so verfingen sich die kleinen Füßchen immer wieder darin. Da rief der Bursche: „Huderwachl hint'nnach! Geh her, i will dir das Hemat hinaufbinden." Als das Kind das hörte, kam es zu ihm getrippelt, so schnell es seine kurzen Beine tragen konnten. Der junge Bauer nahm ein Strumpfband und band dem Mädchen das Hemdchen auf. Das Kinda ber sprach: „Jetzt dank' i dir schön, jetzt hab' i einen Namen!" und verschwand. Die alte Perchtl war bereits weiter gegangen, doch jetzt drehte auch sie sich um und rief: „Hab Dank, Bueb, dass du den armen Huderwachl durch Namengebung derlöst hast! Und dafür sollt ihr auf dem Hofe hier gesegnnet sein bis ins neunte Glied und auf den neunten Stamm!" Damit zog sie davon. Das Versprechen der Perchtl aber erfüllte sich. Der Hof blühte und gedieh. Das Getreide trug schwer, die Wiesen waren fett und saftig, das Vieh gesund und kräftig. So ging es fort, neun Generationen lang. Dann aber wendete sich das Glück. Neun Generationen später übernahm Franz den Hof, und obwohl er eine reiche Bauerntochter geheiratet hatte, ging es mit dem Hof bergab. Dann kam der Krieg zwischen Bayern und Österreich, und Fanz Hechenblaikner zog voller Begeisterung als Schütze in die Schlacht. Er kehrte nie zurück. Seine Witwe hatte nur Töchter, und der einst so stattliche Hof verfiel, bis er zuletzt verkauft wurde.

Der Zug der Perchtl

Am Anfang des Alpachtals zog zu früheren Zeiten die Perchtl mit ihren Kindern in der Gömnacht durchs Hechenblaiknerfeld hinauf. Einer der Buben vom Zulehen-Hof sah den Zug, doch anstatt sich zu fürchten, lief er hinterher und hob einen Fetzen des langen, zerlumpten Rockes, den die Perchtl wie eine Schleppe hinter sich herschleifte, in die Höhe. Dazu rief er: „Hudawachtl[27] hint'nnach!" Nur zwei Worte sprach der Lausebub', doch in dieser Zeit war die Perchtl, die doch so langsam dahinzuschreiten schien, schon weit hinter Alpbach hinaus und schritt übers Hödl am

---

27 Das Wort Hudawachtl hat zwei Bedeutungen und lässt sich am besten mit „Haderwackel" übersetzen. Hadern sind Lumpen, „wackeln" steht für „im Winde wehen".

Thierberg hinauf zum Übergang nach Thierbach. Ungläubig wischte sich der Junge die Augen. In einem einzigen Augenblick hatte die Perchtl eine Strecke zurückgelegt, für die ein rüstiger Wanderer drei Stunden brauchte!

Das Weihnachtsgeschenk der Waidmännlein

Das Schicksal hatte es nicht gut gemeint mit Bauer Thomas und seiner Familie. Einstmals hatten sie Haus und Hof, und der Fleiß ihrer Hände bescherte ihnen das tägliche Brot. Dann aber kam ein Unglück nach dem anderen. Die Familie verarmte und musste schließlich gar den Hof verlassen. Seitdem zog Thomas mit seiner Frau und den sieben Kindern heimatlos in der Kufsteiner Gegend umher. In einer eisigen, stürmischen Weihnachtsnacht suchten sie Schutz in einem leerstehenden Schuppen. Der Nordwind blies wie besessen von den Bergen herunter und das baufällige Gebäude ächzte und stöhnte, als ob es jeden Augenblick zusammenstürzen wollte. Selbst der Esel, der geduldige Begleiter der Familie, ließ verdrossen den Kopf hängen. Nur Thomas schien mit sich und der Welt zufrieden.

In der Mitte der Scheune hatte die Mutter ein Feuer angeschürt und für die Familie ein mager geschmälztes Hafermus gekocht, während er Vater mit aller Gemütsruhe seinen schwarzen Knaster dampfte und sich durch nichts aus der Ruhe bringen ließ. Als das karge Weihnachtsmahl verspeist war, bereitete die Mutter den Kindern ein dürftiges Lager, und bald schlummerten die Kleinen trotz des Sturmes sanft und selig, als wären sie auf weichen Daunen gebettet. Mit kummervoller Miene starrte die Frau in die knisternden, langsam erlöschenden Flammen, während der Vater phlegmatisch die Asche aus seiner Pfeife klopfte und sich zum Nachttrunk ein Gläslein Bierputzer einschenkte.

„Es ist doch ein Jammer, wie wir armen Leute den heiligen Christabend begehen müssen!" seufzte die tapfere Frau schließlich und wischte sich eine Träne aus den Augen. „Der ärmste Bauer tut sich und den Seinigen heute etwas Gutes, während unsere armen Würmer dort halbnackt auf dem Boden liegen und vor Hunger und Kälte schier zu Grunde gehen müssen. Wer hätte gedacht, Thomas, dass der vermögende Lehenbauer einmal ein brot- und obdachloser Lahniger werden würde!"

„S'ist nicht gar so aus, Mariannl!" entgegnete Thomas mit unverwüstlichem Gleichmut. „Schau nur die Tannen draußen im Wald an, wie sie kräftig und kerzengerade aufwachsen in Sturm und Wetter, und unser junges Völkl da steht ihnen in nichts nach. Was braucht der Mensch auch mehr als Gesundheit und ein zufriedenes Gemüt mit dem, was Gott ihm beschert!"

„Ich verlange ja, weiß der Himmel, nichts für mich", eiferte die bekümmerte Mutter. „Wenn du zufriedn bist, so bin ich's auch. Aber ich kann nicht aufhören, daran zu denken, dass unsere Kinder Not und Mangel leiden müssen, während die Leute, denen wir aus dem Pech geholfen haben, jetzt in Überfluss leben und uns mit dem schwärzesten Undank lohnen."

„Holla, da fällt mir was ein!" rief plötzlich der Lahniger, griff in seine Tasche und zog ein kleines Bündel getrockneter Kräuter hervor. „Erinnerst du dich noch an das kleine meeralte Mannl, das wir an unserm Hochzeitstag drüben vor Kiefersfelden halb erfroren und verhungert von der Straße aufklaubten und mit Speise und warmen Kleidern versorgten? Weiß du noch, wie es uns beim Abschied so treuherzig die Hände drückte und uns das Packel da zugesteckt hat, mit dem Bedeuten, wir sollten es anschüren und dabei seinen Namen Grünbaldele aussprechen, wenn wir einmal etwas brauchen sollten?"

„Kannst's ja versuchen, Thomas", meinte die Frau. „Schaden wird's in keinem Fall etwas. Vielleicht gehörte unser armer Gast ja zum Geschlecht der Waldmännlein, die in den bayrischen Wäldern hausen und die für ihre Gutmütigkeit und Dankbarkeit berühmt sind. Kann ja leicht sein, dass er sich besser an uns erinnert als die hartherzigen, verstockten Menschen, an die wir in so leichtsinniger Weise unser Hab und Gut verschwendet haben."

Ohne sich länger zu besinnen warf der Dörcher das Kräuterbündel auf die glimmenden Kohlen und murmelte dabei den Namen des Männchens.

Eine Pause gespannter Erwartung trat ein, als die Glut mit gieriger Eile das dürre Kraut verzehrte. Knisternd flackerte eine bläuliche Flamme empor, tanzte wie ein Irrlicht eine Weile über den Köpfen des erstaunten Paares, huschte dann plötzlich wie der Wind durch eine offene Spalte des Daches und verschwand. Wenige Augenblicke später öffnete sich leise und behutsam die Scheunentür und ein bärtiges, eisgraues Männlein in grauem Lodenhemd trat herein. Voller Freude erkannten die beiden Dörcherleute ihren einstigen Hochzeitsgast. Das Männlein verneigte sich freundlich vor seinen Wohltätern und sagte dann mit erhobener Stimme:

„Da bin ich, was verlangt ihr von mir?"

Staunend betrachteten die Eheleute die wohlbekannte Erscheinung. Träumten sie? Rasch fasste sich Marianne und bat: „Verschaffe meinen armen Kindern warme Kleider und einen guten Bissen für morgen, Waldmannl, und du machst mich zum glücklichsten Geschöpf auf der Welt."

Flugs drehte sich das Zwerglein um, stampfte mit seinen Absätzen dreimal auf die Erde und sogleich erschien eine Schar von Zwergen, die eine stattliche Fichte hinter sich herschleppten und in einer Ecke der Scheune aufrichteten. Jeder der Zwerge trug eine schwere Last auf dem Rücken, die er behutsam auf den Boden stellte. Nun ging es ans Auspacken. Die geschäftigen Männlein steckten bunte Kerzen auf die grünen Zweige, und bald erstrahlte der ganze Baum im Lichterglanz. Sie putzten und schmückten ihm mit den schönsten Sachen, bis sich die Äste unter der Last der Geschenke bogen. Da gab es wunderschöne Spielsachen, warme Winterkleider, Pelzmützen und Handschuhe, Backwerk, Weihnachtskuchen und schön vergoldete Waldäpfel; dazu lehrreiche, unterhaltende Bücher in schmucken Ledereinbänden und vieles mehr.

Zu guter Letzt setzten die Zwerge ein kunstvoll geschnitztes Kästchen aus massivem Eichenholz vor die Füße des erstaunten Ehepaares, das sein Glück nicht fassen konnte. Dann stellten sie sich rund um den strahlenden Christbaum und betrachteten mit stillem Wohlgefallen ihr glänzendes Werk. Die beiden Dörcherleute wussten kau wie ihnen geschah. Da trat Grünbaldele mit freundlicher Miene vor sie hin und sprach:

„Da haben wir nun trotz Grenzbaum und Zollwächter diese Sächelchen aus dem Bayernland hierher geschafft, damit die lieben Kinder dort einen fröhlichen Christabend feiern können. Für euch aber, meine wacheren Wohltäter, habe ich dies Kästchen voll klingender Schwerttaler dazugetan, alle mit dem Bildnis unseres guten, höchstseligen Königs Maximilian geschmückt. Sie sollen euch für immer aus eurer Not befreien, in die euch eure maßlose Gutherzigkeit gestürzt hat. Wie Waldmännlein von der Grenze unsere Augen und Ohren überall und lassen Niemanden stehen, der sich einmal das Anrecht auf unsere Dankbarkeit erwarb." Damit winkte er seinen Gefährten und das kleine Volk huschte so geräuschlos und behutsam, wie es gekommen war, davon.

Was war das für ein Jubeln und Lachen in der windschiefen, verschneiten Scheune! Nun hatte die Note ein Ende, und bald gründeten die Dörcherleute einen eigenen, behaglichen Herd.

Wohin aber sind die klugen, treuen Waldmännlein geraten? Sind sie am Ende gar nach der alten biederen deutschen Sitte des Landes verwiesen worden? Wer weiß...

Wundersame Begebenheiten in Westfalen, Niedersachsen und Schleswig-Holstein

Herodes der Jäger

In den Zwölften jagt *Herodis met sîne hünne*, hieß es in der Gegend von Uchte in Westfalen. Da musste man sich sputen, bei Sonnenuntergang alle Fenster und Türen fest zuzuschließen, um zu verhindern, dass Herodes durchs Haus jagt. Der Bauer Plate in Kirchdorf, ja, der konnte ein Liedchen davon singen! Der hatte das vergessen. Prompt raste Herodes durch die Stube und ließ dem Säumigen seinen Hund zurück. Ein ganzes Jahr lang musste sich Plate mit dem Biest abquälen. Ein großes, graues Vieh war das, und nichts als Flugasche hat es gefressen! Und trotz dieser mageren Kost ist es dick und fett geworden. Als das Jahr rum war, kam Herodes wieder vorbei. Als er kurz vor dem Haus war, rief er „Aalke, wiltu met?" und da sprang der Köter auf und ist zu seinem Herren zurückgelaufen. So und nicht anders ist's gewesen, sagt der Plate – oder war's der Rüder? Vielleicht ist's auch beiden Bauern so gegangen – wer weiß?

In Kirchdorf erzählt man sich übrigens auch, dieser Herodis sei einst ein gewöhnlicher Jäger gewesen, der sich gewünscht hatte, für alle Zeiten jagen zu dürfen. Nun – dieser Wunsch ging in Erfüllung. Ob er auch heute noch durch die westfälischen Weiten jagt, vermag ich allerdings nicht zu sagen.

Der Wilde Jäger und die Magd

In den Zwölften nach Anbruch der Dunkelheit hinaus zu gehen war nicht ungefährlich, denn leicht konnte man dann dem Wilden Jäger, der in Westfalen Herodes hieß, begegnen. Herodes war allerdings nicht so wild und grausam wie seine „Kollegen" in Thüringen, Franken und anderen Regionen. Zwar zog auch er mit seinem Hund laut tosend durch das Land, doch er ließ oft Gnade walten und zeigte sich so manches Mal sogar dankbar. Ein Mädchen, das einen Kessel von Campen nach Sieden tragen musste, hörte schon von Weitem den Jäger und seine Hunde kommen. Voller Angst kroch sie unter den großen Kessel. Kaum ist sie darunter verborgen, da stürzen auch schon die wilden Hunde heran und beschnuppern den Kessel ausgiebig. Schon ist auch Herodes selbst zur Stelle und fragt, wer sie sei. Zitternd antwortete das Mädchen, sie sei eine arme Dienstmagd und müsse den Kessel von Campen nach Sieden tragen. Da sagte der Jäger nur : „Hast du es tun müssen, so sollst du für diesmal ungeschädigt von dannen ziehen."

Herodes in Steierberg

Auch in Steierberg soll Herodes durch ein Haus gejagt sein und seinen Hund zurückgelassen haben. Hier aber begnügte sich der ungebetene vierbeinige Gast nicht mit karger Flugasche. Zuerst wollte er freilich nicht fressen: Den Napf, den ihm die Hausbewohner am Morgen hinstellten, beschnupperte er und ließ ihn dann stehen. Den ganzen Tag saß er regungslos am Herd und wärmte sich das Fell. Abends stellte man ihm wieder einen Napf hin, den der Hund ignorierte. Über Nacht muss ihn aber doch der Hunger übermannt haben, denn am nächsten Morgen war der Napf blitzsauber leergefressen. So ging es dann das ganze Jahr: Der Hund sitzt am Herd und rührt sich nicht. Abends stellte man ihm das Fressen an den Herd, und am nächsten Morgen war alles fort. E Die Leute gewöhnten sich an den stillen Gast, doch als die nächsten Zwölften heranrückten, kam plötzlich Leben in das Tier. Unruhig ging er vor die Tür, schnupperte, kehrte an den Herd zurück und streckte sich wieder hin. Das wiederholte sich von nun an Tag für Tag. Ein ganzes Jahr war mittlerweile verstrichen, da öffnete sich eines Nachts die Tür und ein großer stattlicher Mann trat herein. Er bedankte sich höflich, dass man seinen Hund so gut gefüttert habe und nimmt ihn wieder mit. In der Tat beschränkte sich Herodes' Dank nicht bloß auf Worte: Im nächsten Jahr gaben die Kühe des Bauern so viel Milch, dass er einer der reichsten in der ganzen wurde.

Der Wilde Jäger Hackelberg

In Buchholz bei Petershagen heißt der Wilde Jäger Hackelberg. In schöner Regelmäigkeit zieht er in den Zwölften übers Land. Einmal ließ er einen Hund in einem Haus zurück, der wieder sein Kirchdorfer Artgenosse nichts als Asche fraß. Den Leuten war der ungebetene Gast freilich gar nicht recht, doch was sie auch versuchten, sie konnten ihn nicht loswerden. Schließlich riet ihnen jemand, so sollten doch einmal ihr Essen in einem Eiertopf kochen. Der Hund sah das und wunderte sich."Was soll denn das werden?" fragte er mit menschlicher Stimme. Als man ihm aber antwortete, dies sei sein Fressen, war er von der Aussicht gar nicht erbaut und suchte schleunigst das Weite.

De deipen pöhle

Im großen Moor zwischen Hunteborg und Vörden liegen zwei Moorteiche, die im Volksmund nur „dei deipen pöhle" heißen. Hier soll der Teufel einst sein Spielchen getrieben haben. Als die ersten

Kirchen in der Gegend gebaut wurden, war der Teufel gar nicht erfreut darüber. Noch schlimmer aber wurde es, als die Glocken gegossen wurden und läuteten. Der Lärm störte den Teufel ganz gewaltig. Da kam er in der Nacht vor Heiligabend zur Kirche, riss die Glocken aus dem Turm dass sie laut läuteten und sich die Leute fürchteten, flog mit den Glocken durch die Luft dass es nur so brauste und warf sie tief in die „deipen pöhle". Seit dieser Zeit lassen die Leute alle neu gegossenen Glocken taufen, denn an geweihten Glocken darf sich der Teufel bekanntlich nicht vergreifen. So kann er sie nicht mehr rauben. Dafür läutet er nun am Heiligabend, wenn er die Glocken läuten hört, auch seine Glocken in den deipen pöhlen, um die Christen damit zu ärgern. Die Kirchenleute, die diesen Sturm hören, sagen: „Nu lud die düwel in den deipen pöhlen" – Jetzt läutet der Teufel in den tiefen Pfuhlen.

Das Hillertsloch

Die meisten von uns glauben, dass unsere Vorfahren eifrige Kirchgänger waren und jeden Sonntag mit Fleiß die Gottesdienste besuchten. So hätte es nach dem Wollen und Wünschen der lieben Geistlichkeit auch sein sollen. Indes – die Wirklichkeit sah meist ganz anders aus. In den meisten Dörfern waren regelmäßige Kirchgänger eher die Ausnahme, und so manch einer sah die Kirche höchsten ein oder dreimal pro Jahr von innen – zu Ostern, Pfingsten und am Morgen des ersten Weihnachtstages. An diesen hohen Festtagen musste alle Arbeit ruhen – zumindest am Vormittag, bis die Messe vorbei war. Wehe dem, der diese heiligen Gebote verletzte!

Im Ostersiepen bei Olpe liegt eine Quellsenke, die im Volksmund nur das Hillertsluak heißt. Vor Zeiten soll dort das Schloss des Edlen Hillert gestanden haben. Dieser Hillert scherte sich wenig um Kirche und Gott. In seinem Frevel ging er soweit, seinen Knechten am heiligen Christmorgen, wo doch alle Arbeit verboten ist, zu befehlen, die Ställe auszumisten. Diese aber weigerten sich und gingen statt dessen nach Rohde zur Kirche. Als sie nach Ende des Gottesdienstes mit mulmigem Gefühl ins Schloss zurückkehren wollten, erschraken sie. Wo war das stattliche Anwesen geblieben? Anstelle des Schlosses fanden sie nur eine Senke, in deren Mitte eine Quelle entsprang. Das Schloss war mit Mann und Maus versunken! Doch halt – das stimmt nicht ganz! Die Kleider und Habseligkeiten der gottesfürchtigen Knechte lagen vollständig aufgereiht am Rand der Quelle. Der Geist des gottlosen Hillert aber zieht seitdem ruhelos durch die Gegend. Schmiede, die um Mitternacht nach Olpe zur Arbeit gingen, hörten das Rasseln seines Wagens und das

Getrappel der Pferde hinter sich, doch sie konnten weder Wagen noch Junker sehen. Der Spuk hatte erst ein Ende, als sie die Kapelle des Heiligen Rochus erreichten. Andere, die zur Mitternachtsstunde heimlich Holz im Ostersiepen holen wollten, sahen im hellen Mondschein einen Hund auf sich zukommen. Sie meinten anfangs, es sei der Hund des Försters, doch das Vieh wurde immer größer und größer, ja es wurde so riesig, dass man unter seinem Bauch ein Stück des Sternenhimmels sehen konnte!

Frau Gode

Im Norden zieht Frau Gode in den Zwölften mit ihren Hunden durch die Lüfte. Auch über den ärmlichen Hof eines braven Bauern ist sie gezogen. Als der am andern Morgen vor die Tür trat, fand er einen kleinen Welpen, der so mitleiderregend jaulte, dass er ihn aufnahm und mit seiner Frau großzog. Ein Jahr später aber verschwand der Hund plötzlich, doch dort, wo er des Nachts zu schlafen pflegte, fanden die Bauersleute einen großen Batzen Gold. Das war der Lohn, den Frau Gode dem guten Mann zugedacht hatte. So wurde der brave Landmann über Nacht zum reichsten Bauern weit und breit.

Frau Godes Hunde

Einst lebte in Wredenhagen ein hartherziger Bauer, dem Frau Gode eine schmerzhafte Lektion erteilte. Und das kam so: Eines Abends, als der Bauer nach Hause fuhr, kam ihm Frau Gode mit ihren Hunden entgegen. Das Gebrause machte die Pferde scheu, so dass der Bauer absteigen und sie beruhigen musste. Als der Zug fast vorbei war, schlug er wütend mit seiner Peitsche nach einem ihrer kleinen Hunde. Das sollte ihm übel bekommen: Am nächsten Tag brummte ihm der Schädel, als hätte er mehrere Flaschen Branntwein auf einmal geleert, und er musste wohl 14 Tage lang das Bett hüten. Das war die Strafe dafür, dass er sich an einem unschuldigen Tier vergriffen hatte.

Die Totenmesse zu Wesenberg

Vor langen Zeiten, als Wesenburg noch katholisch war und man jeden Sonntag und Mittwoch eine Frühmesse freite, lebte dort auch eine Frau, die war so fromm, dass sie keine Messe versäumte. Eines Morgens,, mitten im tiefsten Winter, wachte sie plötzlich auf und erschrak. Hatte sie etwa die Zeit verschlafen? Draußen war es noch finster, doch in dieser dunkelsten Zeit des Jahres waren die Tage kurz und die Finsternis wollte kaum weichen. Sie sah aus dem Fenster und sah, dass die Kirche schon hell erleuchtet war. Hastig kleidete sich an und eilte hinüber. Durch die weit geöffneten Türen konnte sie die Kerzen an den Wänden und all die Leute, die sich in der Kirche drängten, sehen. Zwei Priester am Altar teilten das Heilige Abendmahl aus. Als die Frau nähertrat, war ihr einer der Andächtigen ganz fremd, der andere aber kam ihr bekannt vor. Er glich ihrem ehemaligen Nachbarn wie ein Ei dem andern, nur – der war doch schon zwanzig Jahre tot! Der frommen Frau wurde es unheimlich zu Mute. Schweigend ging sie in ihren Stuhl, kniete nieder und betete. Als sie sich zum Gehen wandte, trat eine Frau zu ihr, in der sie eine tote Nachbarin erkannte. „Wir Toten lassen euch den Tag", sagte dies zu ihr, „so lasst uns denn auch die Nacht. Geh ruhig heim, aber sieh' dich nicht um." Die fromme Frau konnte sich vor Schrecken kaum aufrecht halten und wankte zur Tür hinaus. Der Weg nach Hause kam ihr endlos vor, aber endlich hatte sie es geschafft. Als sie schon in der Haustür stand, konnte sie ihre Neugier nicht mehr bezwingen und drehte sich um. Am andern Tag musste sie zu ihrem Entsetzen feststellen, dass der Mantelzipfel, der in diesem Augenblick noch draußen gewesen war, völlig verbrannt war.

Der Hecketaler

Wer ohne Furcht ist, kann in der Christ- oder Neujahrsnacht den Hecketaler gewinnen, doch das ist nicht ungefährlich. Einst lebte in Swinemünde ein Mann, dem das schwierige Werk gelungen war. Dazu ging er in der Neujahrsnacht an die Kirchtür. Über der Schulter trug er einen Sack, in dem ein pechschwarzer Kater steckte. An der Tür angelangt, ging er rückwärts um die Kirche, und als er wieder an der Kirchtür ankam, klopfte er dreimal. Da trat ein Mann heraus und fragte, ob er den Kater verkaufen wolle. Als der Swinemünder dies bejahte, wurde er nach dem Preis gefragt. „Einen Taler!" antwortete er. – „Das ist zu viel", antwortete der Fremde.-„Ich will acht Groschen geben!" – „Dafür gebe ich ihn nicht!" entgegnete der Mann und ging zum zweiten Mal rückwärts um die Kirche. Danach klopfte er erneut an, der Mann trat heraus und bot ihm diesmal sechzehn Groschen. „Dafür ist er nicht zu haben!" entgegnete der Swinemünder wieder und schritt zum dritten Mal rückwärts um das Gotteshaus. Als er zum dritten Mal klopfte und als Preis für den Kater einen Taler forderte, erhielt er ihn auch. Darauf warf er den Sack mit dem Kater zur Erde und rannte so schnell er konnte nach Hause. Seitdem konnte er den Taler ausgeben, so oft er wollte: Kaum hatte er den letzten Groschen ausgegeben, kehrte der

Hecketaler in seinen Beutel zurück. Was aus diesem Teufelsgeschenk nach seinem Tode wurde, weiß niemand zu sagen.

Der Mann im Mond

Der erste Weihnachtstag ist zugleich der erste Tag der Zwölften, und in dieser Zeit gilt es vieles zu beachten. Seit Urzeiten war es in der Uckermark Sitte, an diesem Tag Schweinskopf mit Grünkohl zu essen. Einst aber hatte ein Mann keinen Kohl mehr bekommen können. Er hatte aber solch einen Appetit auf Grünkohl mit Schweinskopf, dass er beschloss, in Nachbars Garten zu „wildern". Für diesen frevenlhaften Diebstahl am Heiligen Christtag wurde er in den Mond verbannt. Dort sieht man ihn in klaren Nächten noch heute sitzen. Ein Spruch erinnert noch heute an ihn:

> All' Weihnachtsabend rührt er sich
> Und schreit aus voller Kehlen,
> Ach Herr, ach Herr! Erbarme dich,
> Ich will ja nicht mehr stehlen.

Aber geholfen hat ihm sein Flehen bisher noch nicht.

Der Spielmann und die Wilde Jagd

Auch in früheren Zeiten wollte man sich am Silvesterabend vergnügen. In den Schenken ging es hoch her: man tanzte, lachte, soff und trieb allerlei Schabernack. Auch die Leute in einem Dorf bei Templin bildeten da keine Ausnahme. Sie hatten einen Spielmann eingeladen, ihnen aufzuspielen, und der gehorchte mit Freuden. Vielleicht hatte er in dieser Nacht noch eine eigene kleine Feier vor, oder vielleicht war er einfach nur müde? Sei es wie es sei, um Mitternacht machte sich unser wackerer Spielmann auf den Heimweg. Als er aber in den Wald kam, erhob sich hinter ihm ein lautes Brausen. Dem Spielmann rutschte das Herz in die Hose, denn er wusste: das konnte nur die Wilde Jagd sein. Rasch versteckte er sich hinter einer Eiche, doch das half nichts. Zu seinem Pech zuog nämlich die Wilde Jagd nicht wie üblich durch die Lüfte, sondern brauste auf der Erde entlang. Schon stürzte ein Jäger auf den Baum und rief: „Hier will ich mein Beil hinein hauen." Im selben Moment bekam der Spielmann einen heftigen Schlag auf den Rücken und fühlte eine große Last auf sich ruhen. Voller Entsetzen kam er Fersengeld und stürzte nach Hause. Erst dort machte er Halt, doch das Entsetzen nahm kein Ende. Auf seinem Rücken prangte ein mächtiger Buckel! Alles Jammern und Beten half nichts, das üble Geschenk der Wilden Jagd wollte nicht verschwinden. Am nächsten Morgen lief die ganze Nachbarschaft zusammen. Was wurde da getuschelt, getratscht, diskutiert. Dutzende Männer und Weiber gaben hunderte Ratschläge, von denen nicht einer etwas taugte. Endlich riet ihm einer, er solle sich übers Jahr zur selben Stunde wieder hinter der Eiche verstecken – da werde ihm geholfen.

Dreihundertfünfundsechzig Tage können eine lange Zeit sein. Dem Spielmann kamen sie wie eine Ewigkeit vor. Endlich aber bracht wieder die Silvesternacht herein. Mit bebendem Herzen ging der Spielmann um Mitternacht in den Wald und stellte sich hinter die Eiche. Genau im richtigen Moment, denn da kam auch schon die Wilde Jagd herangebraust. Und wie vor einem Jahr stürzte auch jetzt wieder ein Jäger zu der Eiche – es war derselbe Jäger wie zuvor – und rief: „Hier hab ich vor einem Jahr mein Beil hinein gehauen, hier will ich's auch wieder herausziehen." Im selben Moment gab es im Rücken des Spielmanns einen gewaltigen Ruck, und fort war der Buckel.

Der Helljäger

In früheren Zeiten zog der Helljäger zwischen Elbe und Weser seine Runden. Er ließ sich das ganze Jahr über hin und wieder sehen, doch vor allem in den Zwölften brauste durch Siedlungen und

Fluren. Die Menschen beeilten sich dann, nach Sonnenuntergang Haus und Hof zu verschließen und vermieden es, in der Dunkelheit hinaus ins Freie zu gehen.

Auch in Ostenholz waren die Leute sorgsam bedacht, Tor und Tür bei Anbruch der Nacht sorgsam zu schließen. Einmal aber waren die Bewohner eines Hauses so mit den Vorbereitungen für das üppige Abendmahl beschäftigt, dass sie darüber vergaßen, die Tür zu schließen. Als nun der Helljäger über das Haus hinwegbrauste, lief einer seiner Hund hinein in die Stube, legte sich unter die Bank am Herd und war von dort nicht mehr fortzubringen. Ein ganzes Jahr lang lag er dort. Nachdem sich die Hausbewohner einmal mit ihren ungebetenen Gast abgefunden hatten, versuchten sie, ihn zu füttern, doch was auch immer sie im vorsetzten, er verschmähte es. Stattdessen leckte er jeden Morgen die Asche vom Herd.

In den nächsten Zwölften brauste der Helljäger wieder heran. Da öffneten die Leute die Tür, und schwups! sprang der Hund auf und lief zu seinem Herrn. Das Haus aber wurde seitdem nur das „Hellhaus" genannt.

Auch in anderen Orten des Weserlandes erzählt man sich die Sage von dem Hund. Der Hund, den der Helljäger in Hoya zurücklief, soll schwarze oder glühende Kohlen gefressen haben, und in Stöckse bei Nienburg heißt es, wenn ein Hund des Helljägers in den Zwölften ins Haus laufe, so verwandle er sich in Stein und würde erst in den nächsten Zwölften wieder lebendig.

Der Helljäger von Ostenholz

Vor langer Zeit wohnte in Ostenholz ein Bursche, der nichts anderes im Kopf hatte als zu jagen. Sogar am Weihnachtsabend, der doch allen Menschen heilig sein sollte, ging er auf eine große Jagd. Und in der Tat schien das Glück es gut mit ihm zu meinen. Ein kapitales Reh kam ihm vor die Flinte. Mit glühendem Eifer hetzte er das Tier durch den Wald und rief: „Wenn ich dieses Reh schieße, so will ich auf alle Zeiten am Christabend jagen!" Der Schuss glückte, und so muss der wilde Bursche seitdem an jedem Christabend als Helljäger durch das Land ziehen. Das Haus aber, in dem er zu Lebzeiten wohnte, wurde seitdem nur das „Hellhaus" genannt.
Das Hellhaus aber war seit alter Zeit eine Schenke gewesen.. Seit dem Tode des frevelnden Jägers aber musste der Wirt jedes Jahr, wenn der Christabend anbrach, eine Kuh herauslassen. Kaum stand das arme Tier vor dem Hof, da war es auch schon wie vom Erdboden verschwunden. Es durfte aber nicht irgend eine Kuh sein – oh nein! Jedes Jahr um Michaelis oder Martini begann eine der Kühe im

Stall wie besessen zu fressen und wurde bis zum Christabend fett und rund. Verständlich also, dass es den Wirt gewaltig ärgerte, ausgerechnet dieses prächtige Tier opfern zu müssen. Vier oder fünf Jahre nach dem Tod des Jägers beschlossen die Wirtsleute, nicht noch eine Kuh zu verschwenden. Als nun der Helljäger wieder heranbrauste, verschlossen sie das Haus fest. Da entstand ein Lärmen und Toben, das den Hausbewohnern Hören und Sehen verging. Die Hunde des Helljägers rannten heulend und schnuppernd herum, doch das war nicht alles. Die Kuh, die sich der geisterhafte Jäger auserkoren hatte, gebärdete sich im Stall wie rasend. Sie stellte sich auf die Hinterfüße, sprang umher wie toll und ließ sich durch nichts beruhigen. Endlich machten die Leute das wütende Tier los, öffneten das Tor und riefen: „Na so lauf los in Dreiteufels Namen!" Sofort galoppierte das undankbare Biest hinaus und verschwand. Seitdem aber blieb der Helljäger verschwunden.

Der Joejäger

In der Osnabrücker Gegend zieht der Joejäger in den Zwölften durch das Land. Auch dort verschließt man Tür und Tor, um vor ihm sicher zu sein. Einmal aber vergaß ein Bauer am Christabend, die große Tür zur Diele auch zuzumachen. Als er das Versäumte nachholen wollte, war es bereits zu spät. Vor seiner Tür lag die ganze Joejagd, und der Joejäger sprach zu ihm, er werde nicht eher fortgehen, als bis man ihm ein Brot herausbringe. Notgedrungen fügten sich die Bauersleute, aber damit war es noch nicht getan. Sie mussten dem Jäger außerdem versprechen, von nun an jedes Jahr um dieselbe Zeit zu einem bestimmten Platz im Wald zu gehen und dort ein Brot hinzulegen. Und das taten sie dann auch – viele Jahre lang.

Schwäbische Unternächte

Der Wilde Jäger und die Sonne

Der Geist eines ganz besonders boshaften Frevlers soll sich in der Nähe des schwäbischen Städtchens Freudenstadt herumtreiben. Man erzählt sich, er habe zu Lebzeiten zur Weihnachtszeit[28] auf die Sonne geschossen. Blut habe es daraufhin geregnet, aber die Sonne sei zum Glück nicht gestorben. Das Blut fing der Missetäter mit einem Tuch auf und benetzte damit seine Bleikugeln, die sich durch diesen teuflischen Zauber in unfehlbare Freikugeln verwandelten. Einmal auf den Geschmack gekommen, wollte der Jäger seine unfehlbaren Kugeln nicht mehr missen. Also schoss er, wenn sein Vorrat zur Neige ging, erneut in Richtung Sonne, fing den Blutregen auf und schuf sich neue Freikugeln. So ging es fort und fort, bis er endlich sein frevelhaftes Leben aushauchte. Seitdem zieht er als ewiger Jäger mit seinen Hunden durch die Welt.

---

28 Andere behaupten, die frevelhafte Tat sei nicht zu Weihnachten, sondern am Karfreitag geschehen.

Das Rockertweible

Einige der wenigen Dörfer, die von ewigen Jägern aus unerfindlichen Gründen verschont geblieben sind, lagen im schwäbischen Murgtal. Dort zieht stattdessen das Rockertweible seine Runden. Es ist in Lumpen gekleidet und trägt einen großen Schlüsselbund bei sich. Dabei macht sie ein Geräusch, das wie das Klopfen einer Ölmühle klingt. Wenn die Menschen das hören, freuen sie sich, denn je stärker das Rockertweible klopft, umso fruchtbarer wird das kommende Jahr.

Außerhalb der Zwölften jagt das Rockertweible mit seinen Hunden im Rockertwald. Das mussten auch einige Wilderer erfahren, die sich zu nächtlicher Stunde ein Feuerchen angemacht hatten. Plötzlich ertönte in der Ferne Jagdgeschrei und Hundegebell, das rasch näherkam. Und dann stand auch schon das Rockertweible mit seinen drei Hunden vor ihnen. Die Männer wagten vor Schreck kaum zu atmen, doch die zerlumpte Jägerin sah sie nur spöttisch an, stellte sich breitbeinig über das Feuer, lachte hell auf und ging weiter, als sei nichts geschehen. Als die Wilderer sich von ihrem Schrecken erholten, fehlte einem der Hut, dem zweiten das Gewehr, und dem dritten hatte das Rockertweible das Messer genommen.

Wer übrigens in der geisterhaften Jägerin die schwäbische Inkarnation der Göttin Perchta sehen möchte, täuscht sich. Das Rockertweible, so erzählen sich die Leute, sei einst eine echte Gräfin gewesen. Genauer gesagt, eine von Eberstein. Einstmals stritt sie mit einem anderen Edlen um den Rockertwald. Der Edle beteuerte, dass der Wald ihm und den Seinen gehöre, doch die Gräfin wollte davon nichts wissen. Um ihren Anspruch durchzusetzen, war sie sogar bereit, einen Eid zu schwören. Ein solcher Eid war heilig; schließlich heißt es schon in den 10 Geboten „Du sollst nicht falsch Zeugnis reden...." Schwerste irdische und jenseitige Strafen drohten demjenigen, der wissentlich einen Meineid schwor. Die Gräfin aber glaubte, die himmlischen Mächte mit einem Trick überlisten zu können. Bevor sie den Eid ablegte, füllte sie etwas Walderde in ihre Schuhe und steckte einen Löffel, den man damals „Schöpfer" nannte, in den Hut. Nun konnte sie wahrhaftig schwören: „So wahr der Schöpfer über mir ist, so wahr stehe ich hier auf eigenem Grund und Boden." So gelangte sie in den Besitz des Waldes, doch als Strafe muss sie nun als Geist durch den Rockertwald spuken.

Das Muotesheer im Schwarzwald

Im Schwarzwald führt der Teufel selbst das Wilde Heer an. Es heißt dort Muotesheer und rekrutiert sich aus Hexen und bösen Geistern. Vor allem in den Zwölften braust es durch die Lüfte. Ganz so böse können die Wilden Gesellen aber doch nicht sein, denn sie sind fair genug, vor sich selbst zu warnen! Vor dem Muotesheer geht nämlich ein Mann, der mit lauter Stimme ruft: „Außem Weg! Daß Niemand was g'scheh!" Wenn man diesen Ruf aus der Ferne hört, muss man sich mit dem Gesicht auf die Erde werfen – dann ist man sicher. So machte es einst auch ein Mann, der zu nächtlicher Stunde noch unterwegs war. Als das Wilde Heer über ihn hinwegbrauste, hörte er zwischen dem Tosen ein seltsames Katzen- und Hundegeschrei, gemischt mit einer ohrenbetäubenden Musik. Endlich war die wilde Schar vorüber, doch anstatt nun schleunigst ins nächste Dorf zu eilen, wurde der einsame Wanderer von unstillbarer Neugier gepackt. Vorsichtig ging er dem wilden Heer nach und sah, wie die ganze Schar in eine Scheune zog. Vorischtig schlich er heran und beobachtete durch einen Spalt, was sich drinnen tat. Da sah er, wie jede einzelne Hexe dem Teufel Bericht erstatten musste. Anschließend wurden neue Aufträge ausgeteilt. Dann tanzten und schmausten die Hexen. Als Gläser dienten ihnen Schweine-,

Rinder- und Pferdehufe.

Plötzlich huschte noch eine alte Vettel in die Scheune hinein. Dem heimlichen Lauscher blieb fast der Atem stehen, denn er kannte die Alte nur zu gut. Als er aber sah, wie man sie für ihr Zuspätkommen strafte, rieb er sich schadenfroh die Hände. Sie wurde nämlich als Zündstock „umfunktioniert". Dafür stellte man sie auf den Kopf und setzte Kerzen auf ihre Füße.

Das Mutesheer in Mittelstadt

Auch in Mittelstadt ließ sich das Mutesheer mit schöner Regelmäßigkeit in den Unternächten sehen, und auch hier warnte die wilde Schar die nächtlichen Wanderer mit dem Ruf: „Außem Weg, außem Weg! Daß Niemand beschädigt werd!" Das Mittelstädter Mutesheer soll sich auf einem riesigen Wagen zusammengedrängt haben. Der Wagen, so erzählten die Leute, sei so voll, dass nur die Köpfe zu sehen seien. Wer den Warnruf aus dem Wagen hörte, musste sich mit dem Gesicht zu Boden werfen und sich an irgend etwas festhalten. Eine zweite Stimme, die nicht im Wagen saß, rief hinter dem Zug her: „Wär i an g'schirrt und g'gürt't, so käm i au dernah."

Andere Mittelstädter hingegen behaupteten steif und fest, das Wilde Heer sei nur ein einziger, großer Mann in einem von vier weißen Schimmeln gezogenen Wagen. Das Kommen das Mutesheer war ein gutes Zeichen. Je mehr es brauste, umso mehr freuten sich die Leute, denn umso besser r versprach das kommende Jahr zu werden. Im Schwarzwald brachte das Wilde Heer den Segen über die Felder und Wiesen.

Wer es aber wagte, das Mutesheer bei seinem Zug zu beobachten, der wurde für ein Jahr mit Blindheit gestraft. Das musste ein Mittelstädter, über dessen Haus das Mutesheer Jahr für Jahr zog, am eigenen Leibe erfahren. Einmal, als das Wilde Heer heranstürmte, konnte er seine Neugier nicht bezähmen und blickte aus dem Fenster hinaus. Im selben Augenblick wurde er blind. Nach einem Jahr kam das Wilde Heer wieder. Da hörte er eine Stimme rufen: „Vor einem Jahre hab ich zwei Fensterlein zugemacht, jetzt sollen sie wieder aufgehn!" So gewann der Mann sein Augenlicht zurück. Die Lektion aber hat er sein Leben nicht vergessen.

Das Mutesheer zieht durch den Hof

Jahr für Jahr zog des Mutesheer in den Zwölften mit wildem Getöse durch das Land. In den meisten Gegenden schloss man daher nach Anbruch der Dunkelheit schleunigst Türen und Fenstern, um zu verhindern, dass das Wilde Heer durchs Haus brauste. Nicht so in Baiersbronn im Murgtal. Die Bewohner des dortigen Martisbauerhofes bekamen so regelmäßig „Besuch", dass sie sich angewöhnt hatten, rasch die Tür und Klappe des unteren Gewölbes zu öffnen, wenn sie das Heer heranbrausen hörten. Dann fuhr die wilde Schar schnell wie der Wind hindurch, und alle waren zufrieden. Einmal aber verspätete sich der Knecht und verlor beinahe den halben Finger, als das Mutesheer seinen üblichen Zug durch das Gewölbe hielt. Es scheint allerdings ein Unfall gewesen zu sein, denn kaum war das Mutesheer hindurch, da rief ihm aus der wilden Schar eine Stimme zu, er solle nur einen roten Faden um den Finger binden. Hastig suchte der unglückliche Knecht einen roten Faden, und tatsächlich: Kaum hatte er ihn um den Finger gebunden, hörte die Blutung auf und der Finger war geheilt.

Auch ein ganz bestimmtes Haus in Thieringen erhielt alljährlich Besuch vom Mutesheer. Die Bewohner machten Tür und Fenster auf, sobald sie von Ferne das Sausen und Brausen hörten, dann zog es hindurch. Niemand weiß, wie viele Jahre das so ging, ohne dass jemandem ein Leid geschah. Als sich das Mutesheer wieder einmal ankündigte, wurde der Hausherr von Neugier gepackt. Er wollte doch zu gerne sehen, was es mit dem Mutesheer auf sich hatte. Er blieb also einfach in der Stube sitzen, nachdem Türen und Fenster geöffnet waren, und wartete ab. Plötzlich aber rief eine Stimme: „Streich dem da die Spältle zu!" Unsichtbare Finger fuhren um seine Augen herum, und einen Wimpern schlag später war er blind. Oh wie bitter der Hausherr seinen Fürwitz bereute! Er ließ Ärzte holen, Heiler, weise Frauen, doch keiner konnte ihm helfen. Endlich gab ihm jemand den Rat, er solle sich das nächste Mal, wenn das Mutesheer käme, wieder in die Stube setzen. In seiner Verzweiflung befolgte der Mann den Rat. Was hatte er schon zu verlieren? Und sein Mut wurde belohnt. „Streich dem da auch die Spältle wieder auf!" rief die Stimme diesmal. Wieder spürte der Mann, wie unsichtbare Finger seine Augen berührten, und da sah er es, das ganze Mutesheer! Männer und Frauen, Alte und Junge, eine ganze Schar, und alle machten einen wilden Lärm.

Das Wilde Heer

In der Gegend von Weinsberg zieht in Gegend das Wilde Heer umher, und auch dieses Wildheer bevorzugte vor allem die Unternächte für sein Treiben. Es nahm dabei immer dieselben Wege, gerade so, als ob es einem unbekannten Straßenatlas folgen würde. Das Wilde Heer von Weinsberg war jedoch nicht so freundlich gesinnt wie das obige Mutesheer. Wer ihm begegnete, musste sich mit dem Gesicht auf den Boden werfen, doch selbst dann konnte es sein, dass er einen derben Hieb auf die Schulter erhielt. Manchmal ruht sich das Wilde Heer auch auf einem Baum aus. Steht ein Mann darunter, so kann er von Glück sagen, wenn er ein Stück Brot in der Tasche hat. Dann – und nur dann – ist er vor dem Wilden Heer über seinem Kopf sicher.

Das Mutesheer in Pfullingen

Durch Pfullingen führte einst die sogenannte „Heergasse". Ihren Namen soll diese Straße daher erhalten haben, dass das Mutesheer Jahr für Jahr in den Zwölften auf ihr entlangzieht. Schon aus weiter Ferne hört man es vom Gebirge her heranbrausen und ein Schrei ertönt: „Außem Weg!" Wer dann nicht rechtzeitig ausweicht, ist des Todes, und wer es wagt, zum Heer aufzublicken, der verliert das Augenlicht. Auch andernorts folgt das Mutesheer stets festgelegten Ruten: Bei Undingen ist es die Muotesheergasse, in Immenhausen die „Heergasse". Doch das Mutesheer brachte keineswegs nur Unheil, sondern im Gegenteil: Je mehr es lärmte und tobte, desto fruchtbarer wurde das kommende Jahr.

Das Mutesheer in Rotenburg

Das Rotenburger Mutesheer rekrutierte sich vor allem aus Hexen. In den Zwölften tobten sie wirbelnd durch die Luft und veranstalteten dabei einen Heidenlärm. Oft trieben sie es so wild, dass ein heftiger Sturmwind auffuhr. In Rotenburg soll das Mutesheer sogar ein neu gebautes Haus umgerissen haben. Die Menschen glaubten zunächst an einen gewöhnlichen Sturm und machten sich an den Wiederaufbau, doch kaum war es fertig, da wurde es zum zweiten Male eingerissen. Da erkannten sie, dass das Mutesheer für den Einsturz verantwortlich war. Als man die Trümmer wegräumte, fand man darunter einen kleinen Knaben. Der warnte die Leute, sie sollten an dieser Stelle ja nicht noch einmal ein Haus bauen. Und tatsächlich stand der Platz danach viele Jahre leer. Er befindet sich auf der linken Neckarseite, gleich unterhalb der oberen Neckarbrücke. Ob er inzwischen wieder bebaut wurde, vermag ich nicht zu sagen.

Die Spinnerin

Am Weg von Kalv nach Zavelstein lag früher ein Stein, auf dem eine Spinnerin mit der Kunkel zu sehen war. Damit hatte es folgende Bewandtnis: Vor langer Zeit wollte eine Spinnerin mit aller

Macht in der Weihnachtsnacht in die Spinnstube, obwohl doch jeder weiß, dass Spinnen in dieser Nacht verboten ist. Man redete auf sie ein, beschwor sie, dass sie dabei war, eine schwere Sünde zu begehen – vergeblich. „Ich will hin, und wenn mich auch der Teufel holt!" rief sie trotzig und machte sich mit ihrer Kunkel auf den Weg. Eine Handvoll Leute folgte ihr in einiger Entfernung. Bald vernahmen sie aus der Finsternis ein grauenvolles Geschrei. Als sie hinzu liefen, fanden sie – nichts! Die Spinnerin war und blieb verschwunden und die Leute waren sich sicher: Die hat der Teufel mit genommen. Eine Viertelstunde entfernt von dem Platz, wo der Höllenfürst die ungehorsame Spinnerin nach der Vorstellung der Leute ergriffen hatte, fand man auch ihre Spindel. Zur Erinnerung und Abschreckung errichtete man hier den merkwürdigen Stein mit der Spinnerin.

Die weißen Schweinchen

Um die Weihnachtszeit soll sich in einigen Gassen des Städtchens Pfullingen ein äußerst merkwürdiger Gast herumtreiben: Ein weißes Schweinchen nämlich. Man sagt, es würde vor allem jenen begegnen, die „auf verbotenen Wegen gehen". Einmal wollte ein junger Bursche zu einem Mädchen durchs Fenster steigen; da trat ihm das Schweinchen in den Weg. Auch am nächsten

Abend wurde er in seinem Vorhaben durch das Schweinchen empfindlich gestört. Kein Wunder, dass man das lästige Gespenst zu gerne eingefangen hätte, doch vergebens: Kaum glaubte man, es zu haben, verschwand es seinen Häschern zwischen den Fingern.

Überhaupt scheinen sich weiße Geisterschweine in Schwaben recht heimisch zu fühlen. In Ehningen lässt sich in den Adventsnächten eine kleine weiße Sau, die eine Kette um den Hals trägt, sehen. In Rotenburg fürchten besonders die Kinder die fette, weiße Sau, obwohl das „Säule" noch nie einem Menschen etwas zuleide getan hat. Früher kam es häufig zum Spital und legte sich dort nieder. Ein neugieriger Rotenburger Nachtwächter lief der Geistersau einmal eine ganze Stunde lang nach, doch so sehr er sich auch beeilte, er konnte das Tier nicht einholen. Manchmal ließ sich das „Säule" auch einfangen, aber am nächsten Morgen war es stets wieder verschwunden.

Wie man Farnsamen gewinnt

Wenn sich an steilen Berghängen und in den feuchten Tiefen der Wälder im späten Frühjahr die Farne entrollen, kleidet sich die Natur in ihr schönstes Kleid. Gar wundersame Kräfte und Fähigkeiten sollten die Farne besitzen. Vor allem den Farnsamen wurden vielfältige zauberkräftige

Wirkungen zugeschrieben. Übermenschliche Kräfte sollten sie ihrem Besitzer verleihen, so dass er für 20, ja sogar für 30 Mann arbeiten konnte! Doch war es nicht ungefährlich, die Farnsamen zu gewinnen, denn dazu musste man den Teufel selbst bezwingen. Wer es dennoch wagen wollte, der durfte in der Adventszeit weder beten noch Weihwasser gebrauchen und schon gar keine Kirche besuchen. Sein ganzes Denken musste er auf ein einziges Ziel richten: sich den Teufel zu Diensten zu machen. Hatte er all diese Bedingungen erfüllt, so musste er sich in der Christnacht zwischen 11 und 12 Uhr auf einen Kreuzweg stellen; aber nicht auf irgend einen, sondern nur solche Kreuzwege waren geeignet, über die schon Leichen zum Friedhof getragen worden waren. Hier begegneten ihm in der folgenden Stunde die Geister seiner verstorbenen Bekannten und Verwandten und versuchten, ihn zum Reden zu bringen. Auch hüpften kleine Männchen um ihn herum und trieben allerlei Possen, um ihn zum Lachen zu bringen. Wer aber nur einen Laut über seine Lippen kommen ließ oder den Mund zum Lachen verzog, den zerriss der Teufel auf der Stelle. Hatte man all diese Proben überstanden, erschien schließlich ein Jägersmann, der natürlich niemand anders als der Leibhaftige selbst war. Der reichte dem Wagemutigen eine Papiertüte voll Farnsamen, die er sodann stets bei sich tragen musste.

Einst beschlossen zwei Burschen aus Kiebingen, das Wagnis einzugehen und gingen in der Christnacht auf den Kreuzweg zwischen Bühl und Kiebingen. Nachdem sie eine Weile in der Kälte gewartet hatten, erschienen etliche Gespenster. Zuletzt kam ein Jäger mit einem großen Hund, der vor ihnen stehen blieb und sie mit grimmiger Miene anstarrte. Der Hund hatte riseige, feurige Augen und lief die ganze Zeit um sie herum. Als er einem der jungen Kerle durch die Beine schlüpfte, war es mit ihrer Beherrschung vorbei. Sie ließen Farnsamen Farnsamen sein und rannten in panischem Entsetzen nach Hause.Ähnlich ging es drei ledigen Gesellen aus Wurmlingen, die um 1800 versuchten, sich auf die beschriebene Weise Farnsamen zu verschaffen. Sie stellten sich zwischen 11 und 12 Uhr in der Christnacht auf die Kreuzstraße zwischen Wurmlingen und Pfäfflingen, wo sie viele Geister sahen. Darüber wurden sie derart von Furcht ergriffen, dass sie schleunigst nach Hause eilten. Einem Tagelöhner aus Rotenburg hingegen soll das Wagnis geglückt sein. Fortan konnte er täglich 500 Bündel Holz schlagen und brauchte nie wieder Not zu leiden.

Auch ein Rotenburger Webergeselle soll sich mit Hilfe des Teufels die magischen Farnsamen beschafft haben. Wie sonst war es möglich, dass er die ganze Woche mit Spielen und Saufen zubrachte und nur am Samstag arbeiten brauchte? AN diesem einen Tag aber schaffte er mehr als ein fleißiger Weber in einer ganzen Woche! Für die Rotenburger stand fest: daran waren die Farnsamen schuld! Zu guter Letzt soll sich dieser Verdacht auch erwiesen haben. Eines Tages in der Oktavzeit hatte der Geselle an einem einzigen Tag 100 Ellen Tuch gewebt, das die Meisterin noch am selben Abend abliefern wollte. Dazu musste sie mit ihrem Korb an der Ehinger Kirche vorbei. Als sie die Kirche passierte, wurde drinnen gerade der Segen erteilt. Die fromme Frau hatte nichts besseres zu tun, als in die Kirche zu gehen, sich niederzuknien und den Segen zu empfangen. Als sie den Korb aber nun wieder aufnehmen wollte, hatte sich das ganze Leinen wieder in Garn verwandelt.

Käsperle

Vor langer Zeit lebte in Gomaringen ein habgieriger Vogt, der die Gemeinden um etliche Länderein betrogen hatte. Zur Strafe musste er nach seinem Tode in einem Haus bei Gomaringen herumspuken. Viele wollten ihn dort mit seiner weißen Zipfelmütze, weißen Strümpfen und einer Pfeife im Mund gesehen haben. Er klopfte und polterte im ganzen Haus so arg, dass Niemand dort lange wohnen wollte. Am ärgstn aber trieb er es um

Weihnachten und in den Zwölften. Dann sprang er in der Viehkrippe hin und her und versetzte die Kühe in Schrecken. Auch band er das Vieh verkehrt herum an und trieb manch weiteren Schabernack. Wenn es dem Hausherrn zu bunt wurde, rief er „Jetzt bist aber still!" und dann benahm sich das Käsperle tatsächlich eine Weile. Danach aber ging es wieder los: Wenn die Knechte Futter schneiden wollten, zog er ihnen Heu und Stroh aus der Schneidlade. Um Weihnachten ging er aufs Feld und klopfte auf den Marksteine herum, die er versetzt hatte. Manchmal bot er auch den Leuten eine Schnupftabakdose an, nur um sie blitzschnell zurückzuziehen, wenn diese sich bedienen wollten. Endlich wurde das Haus abgerissen. Das Holz brachte man nachGomaringen und die Leuten lachten sich ins Fäustchen, weil sie meinten, Käsperle müsse nun zurückbleiben. Allein – als der letzte Wagen mit Holz abfuhr, wer saß obenauf? Niemand anders als das Käsperle wars, und der drückte den Wagne so schwer, dass er fast zerbrechen wollte. In Gomaringen wagte niemand, das Holz abzuladen, bis sich der Geist endlich erbarmte und heruntersprang. Die Besitzer des Hauses, in dem man das Holz verbaut hatte, waren über ihren neuen Hausgenossen mit Sicherheit wenig erfreut, denn nun setzte er sein Werk dort fort. Der ganze Spuk fand erst dann sein Ende, als man das Grab des Vogtes fand. Der Leichnam war in all den Jahren nicht vergangen, sondern noch frisch und unverwest. Nachdem man ihn nach Gomaringen umgebettet hatte, hörte die Spukerei auf.

Der Schatz der Unternächte

Die Zeit zwischen den Jahren ist eine magische Zeit, in der Wunder möglich sind und Träume Wahrheit werden können. Es ist eine Zeit der Gefahren und der unheimlichen Mächte, aber auch eine Zeit der Hoffnungen und guten Wünsche. In den dunklen Jahren des Dreißigjährigen Krieges wurde auch das wohlhabende Städtchen Crailsheim verwüstet. Die meisten Einwohner waren geflohen, doch wo sollten sie in diesen unsicheren Zeiten hin? Unter jenen Unglücklichen, die schon bald in ihre Heimatstadt zurückkehrten, war auch ein armer Schuhmacher mit seiner Familie. Die Feinde hatten ihr Häuschen zerstört. Nichts war ihnen geblieben – nichts, außer ihrer Hoffnung und ihrem Vertrauen in Gott. Man wies ihnen ein Häuschen an der Brücke zu, und die Schustersfamilie richtete sich dort ein, so gut es eben ging. Das Leben ging seinen ganz normalen Gang, und so kam die Weihnachtszeit heran. Da aber geschah etwas Seltsames. Eines Abends, als der Mann allein in der Stube saß, betrat ein gespenstisches Männlein die ärmliche Hütte und setzte sich stillschweigend neben ihn. Es trug einen grünen Rock mit großen Taschen, einen kleinen, dreieckigen Hut und ein Barbiersäcklein unter dem Arm. Schneeweiße Haare umrahmten das gutmütige, freundliche Gesicht des Alten. Der Schuhmacher wagte nicht, den seltsamen Gast anzusprechen, und auch das Männlein sagte nicht eine Silbe. Als die Schusterin hereinkam, verschwand es. Diese Szene wiederholte sich von nun an Abend für Abend – mit einem Unterschied: jeden Abend blieb das Männlein etwas länger, und schließlich saß es bis zum Anbruch des nächsten Tages am Bett des Schusters. Der Mann konnte sich auf all das keinen Reim machen. Was wollte dieser seltsame Gast von ihm, und warum konnte seine Frau ihn nicht sehen? Endlich fasste er sich ein Herz und erzählte seiner besseren Ehehälfte alles. „Am besten", sagte die Schusterin nach kurzer Pause", wir fragen den Pfarrer. Der ist ein weiser Mann und weiß sicher Rat." Gesagt, getan. Aber auch der Pfarrer hatte von dem seltsamen Männchen noch nie gehört. Immerhin schien es harmlos zu sein, und so riet er den beiden, die Sache vorerst geheim zu halten. Zur Sicherheit sollten sie beichten, darauf das Heilige Abendmahl empfangen, denn dann hätte das Böse keine Macht mehr über sie. Der Schuster solle sodann das Gespenst ohne Furcht ansprechen, aber nicht mit „du" oder „Er", sondern mit „man". Auch solle er alles, was es ihn zu tun heiße, dem Geist selbst überlassen.

Die Schustersleute befolgten den Rat des Pfarrers ohne zu zögern. Als das Männlein zwei Abende vor Weihnachten wieder erschien, nahm der Schuster allen Mut zusammen und fragte: „Was begehrt man?" Da winkte ihm das Männchen mitzugehen, und als er folgte, schien es ihm, als würde er in einen langen, unbekannten Gang geführt. Hier blieb das Männlein stehen, holte aus seinem Barbiersäcklein eine kleine Hacke, steckte sie an einen Stiel , hielt sie dem Schuster hin und sprach:_ „Man kann scharren"! Der aber dachte an den Rat des Pfarrers und erwiderte: „Man kann selbst scharren!" worauf das Männchen tatsächlich eifrig den Boden aufhackte, bis der Deckel eines großen Kessels zum Vorschein kam. „Man kann abheben!" sagte es nun und blickte den Schuster erwartungsvoll an. Der schüttelte den Kopf und antworte: „Man kann selbst abheben!" Mit großer Anstrengung hob nun das Männlein den Kessel aus dem Boden. Als das getan war, streckte er dem Schuhmacher die Hand hin und murmelte mit unendlicher Dankbarkeit „Gratias!" Der Schuster aber legte sein Schnupftuch in die ausgestreckte Hand. Augenblicklich verbrannte das Tuch, doch damit war der Fluch endgültig gebrochen. Mit einem Seufzer der Erleichterung verschwand das erlöste Männchen; der Schuster aber fiel in

Ohnmacht.

So fand ihn seine Frau, als sie von der Spinnstube heimkam, auf dem Boden der Nebenkammer. Nachdem er das Bewusstsein wiedererlangt hatte, berichttet er ihr alles. AM nächsten Morgen gingen die beiden zum Pfarrer, erzählten, was geschehen war und öffneten den Kessel. Was sie sahen, verschlug ihnen den Atem. Der Kessel war bis zum Rand mit alten Gold- und Silbermünzen gefüllt! Unter den Münzen aber lag ein Zettel, auf dem in griehischer Sprache eine unheilvolle Botschaft stand: Das Geld gehöre dem Schuhmacher, der zur Erlösung des Männchens bestimmt gewesen war. Derselbe werde jedoch nur noch sieben Jahre leben und erst nach seinem Tod dürfe die Sache offenbart werden, sonst werde der Schatz wieder in der Erde versinken. Schlimmer noch: Würde auch nur ein Wort von dem Geschehen lautbar werden, so müsse der Schuster so lange ruhelos wachen, bis ein Kind, das noch nicht geboren sei, so alt sei wie er jetzt.

Daher hielten die Eheleute ihren wundersamen Fund geheim. Die Leute wunderten sich zwar über alle Maßen, als die Familie ihr Häuschen erheblich vergrößern und verschönern ließ, und noch mehr wunderte man sich, als sie begannen, reichlich Almosen zu verteilen. Ihr Sohn, der bisher als armer Schäferbursche ein paar Groschen verdient hatte, wurde Geistlicher. Der Schuster jedoch konnte sich an alldem nicht freuen. Kein Tag verging, an dem er nicht an die unheilvolle Prophezeiung dachte, und tatsächlich starb er nach Ablauf der sieben Jahre.

Literatur

Sagen und Geschichten aus alter Zeit

J. N. von Alpenburg, Mythen und Sagen Tirols. Zürich 1857.

M. Andree-Eysn, Volkskundliches aus dem bayrisch-österreichischem Alpengebiet. Braunschweig 1910.

T. Aufsberg, Sagen und Geschichten aus Mittelfranken. Bausteine für den Unterricht in Georgraphie, Geschichte und Heimatkunde.

L. Bechstein, Der Sagenschatz des Frankenlandes, 1. Teil. Würzburg 1842.

R. Eisel, Sagenbuch des Voigtlandes. Gera 1871.

J.G.T. Gräße, De Sagenschatz des Königreichs Sachsen, Bd. 1 & 2, 2. verb. Auflage Dresden 1874.

J. V. Grohmann, Aberglauben und Gebräuche aus Böhmen und Mähren. Prag 1864.

J. V. Grohmann, Sagen-Buch von Böhmen 6 Mähren. Prag 1863.

A. von Herrlein, Die Sagen des Spessarts. Aschaffenburg 1851.

A. Janssen, Die Sagen Frankens. Würzburg 1852.

A. E. Köhler, Volksbrauch, Aberglauben, Sagen und andre alte Überlieferungen im Voigtlande. Mit Berücksichtigung des Orlagaus und des Pleißnerlandes. Leipzig 1867.

A. Kuhn, Norddeutsche Sagen, Märchen und Gebräuche aus Meklenburg, Pommern, der Mark, Sachsen, Thüringen, Braunschweig, Hannover, Oldenburg und Westfalen. Leipzig 1848.

A. Kuhn, Westfälische Sagen, Bräuche und Märchen, Band 1 & 2, Leipzig 1859.

E. Meier, Deutsche Sagen, Sitten und Gebräuche aus Schwaben, Bd. 1, Stuttgart 1852.

M. Meyer, Sagen-Kränzlein aus Torol. Pest 1856.

F. Panzer, Bayerische Sagen und Bräuche. Beitrag zur deutschen Mythologie, Band 1 & 2, München 1848 (Band 1) und 1855 (Band 2).

H. Pröhle, Unterharzische Sagen mit Anmerkungen und Abhandlungen. Aschersleben 1856.

J. Retcliffe, Schlesischer Sagen-, Historien- und Legendenschatz. Meißen 1840.

Schönwerth, Aus der Oberpfalz. Sitten und Sagen I, Augsburg 1859, S. 312ff.

A. Schöppner, Sagenbuch der Bayerischen Lande, Bd. 1 & 2, München 1852.

E. Sommer, Sagen und Gebräuche aus Sachsen und Thüringen. Halle 1846.

M. Spiess, Aberglauben, Sitten und Gebräuche des sächsischhen Obererzgebirges. Ein Beitrag zur Kenntnis des Volksglaubens und Volkslebens im Königreich Sachsen. Dresden 1862.

T. Vernaleken, Alpensagen. Wien 1858.

T. Vernaleken, Mythen und Gebräuche des Volkes in Österreich als Beitrag zur deutschen Mythologie, Volksdichtung und Sittenkunde. Wien 1859.

A. Witzschel, Kleine Beiträge zur deutschen Mythologie, Sitten- und Heimathskunde in Sagen und Gebräuchen aus Thüringen. Erster Theil: Sagen aus Thüringen, Wien 1866.

Wissenschaftliche Aufsätze und Überblicksliteratur (Auwahl)

H. Bechtold-Stäubli, Handwörterbuch des dt. Aberglaubens (10 Bände). Unveränderter Nachdruck der 1. Auflage, Augsburg 2008.

K. Haberland, Gebotene und verbotene Speisen bestimmter Tage, Globus 55/56 (1889), S. S. 155-157; 171-172; 188-190; 204-207.

K. Haberland, Das Brot im Volksglauben. Globus 42 (1882), S. 76-80; S. 88-93; S. 104-108.

H. Haupt, F. A. Reuss' Sammlungen zur fränkischen Volkskunde. In: Zeitschrift des Vereins für Volkskunde 5 (1895), S. 413-416.

M. Höfler, Gebäcke in der Zeit der sogenannten Rauchnächte. In: Zeitschrift für österreichische

Volkskunde 9, S. 15ff.

O. von Reinsberg-Düringsfeld, Das festliche Jahr in Sitten, Gebräuchen und Festen der Germanischen Völker, Leipzig 1863, S. 12ff.

E. Speyer, Die Klöpfellieder und ihre Bedeutung.

A. Tille, Die Geschichte der deutschen Weihnacht, Leipzig 1893.

Kaum eine andere Zeit ist so reich an Brauchtum und Legenden wie die Zeit zwischen den Jahren. Rauhnächte, Zwölften, Unternächte, Tage der fahrenden Engel werden diese magischen Tage zwischen dem ersten Weihnachtstag und dem Dreikönigstag genannt. Vielfältige Gefahren bedrohen Mensch und Tier, denn Geister, Hexen und Dämonen spuken nun herum. Das Wilde Heer braust durch die Lüfte, Perchta zieht durch das Land und belohnt die fleißigen Spinnerinnen - die faulen aber bestraft sie.
In diesem Büchlein haben die Autoren Bräuche, Aberglauben, Sagen und Legenden der Rauhnachtszeit zusammengetragen und neu erzählt. Lassen Sie sich verzaubern!

BiGruen